新訳

ナルニア国物語7

C・S・ルイス
河合祥一郎＝訳

角川文庫
23744

The Chronicles of Narnia,
The Last Battle
by C. S. Lewis 1956

目次

登場人物

シフト
大釜池のそばに住む
みにくく、ずるがしこいサル。

パズル
シフトに命じられて、
偽アスランの役を演じるロバ。

ティリアン王
最後のナルニア王。
カスピアン王の息子リリアン王の玄孫《やしゃご》。

ジュエル
美しいユニコーン。
ティリアン王の親友。

ユースタス・スクラブ
ペベンシー家四人兄妹のいとこ。
第３、４巻にも登場。

ジル・ポウル
ユースタスの同級生。
第４巻にも登場。

ディゴリー卿と貴婦人ポリー
第６巻でナルニア創世に
立ち会ったふたり。

ペベンシー家兄妹
ピーター、エドマンド、ルーシー
がふたたび登場する。

タシュ
カロールメン人が崇める
邪悪なる神。

アスラン
最強の聖なるライオン。
ナルニアを創った。

これまでの『ナルニア国物語』

ポリーとディゴリーが魔法の指輪で異世界に入りこみ、そこでアスランがナルニアを生み出したのを目撃（第6巻『魔術師のおい』）してから四十年後、カーク教授（ディゴリー）のお屋敷に泊まりにきていたペベンシー家四人兄妹は、ナルニアの国に迷いこんでしまった（第1巻『ライオンと魔女と洋服だんす』）。それから、カロールメン国を舞台にして行方不明だったアーチェンランド国王子コールの冒険があり（第5巻『馬とその少年』）、ナルニアの王子カスピアンを助けるためにふたたびイギリスの子どもたちがナルニアへ呼ばれ（第2巻『カスピアン王子』）、カスピアン十世が世界の果てを目指す航海にルーシーやユースタスらが参加し（第3巻『夜明けのむこう号の航海』）、リリアン王子を助けるためにユースタスとジルがナルニアへ呼ばれ（第4巻『銀の椅子』）……とさまざまな冒険がつづいてきた。

今、ナルニアの最後の王ティリアンは、ふたたびアスランがナルニアにもどってくるのを心待ちにしていた。そして、ついにアスランが現れたと知らされて、よろこぶのだが……。

－新訳－

ナルニア国物語

7

最後の戦い

第一章

大釜池のそばで

ナルニアの最後の時代、《街灯の跡地》のはるか西、大きな滝のそばに、一匹のサルが住んでいた。かなり年をとっていて、いつからこのあたりに住みついているのか、だれも覚えていない。想像もつかないほど頭がよくて、ひどくみにくく、しわだらけのサルだった。大きな木の幹がふたまたになったところに、葉っぱを屋根にした小さな木の家をかけて住んでいた。名前はシフト。あたりの森には、口をきく動物も人間もこびとも、ほとんど住んでいなかったが、近くにパズルという名前のロバの友だちが住んでいた。少なくとも、たがいに友だちだと言っていたが、そのようすを見ていれば、パズルは、シフトの友だちというより召し使いに見えただろう。パズルが、なにからなにまでやってあげているのだ。いっしょに川へ行けば、シフトは大きな皮ぶくろに水をつめるが、それを持って帰るのはパズルだった。川のずっと下流にある町まで買い物に行くとき、空の袋を背中の左右に載せていって、いっぱいになった袋を重たい思いをしてかついで帰ってくるのもパズルだった。パズルが持ち帰ったおいしいものは、シフトがぜんぶ食べてしまって、こんなことを言うのだった。

「なにしろ、パズルよ、おれは、おまえみたいに、草やアザミを食えないからな。だから、おれがほかのもんを食ってうめあわせをするのは、公平《フェア》じゃないか。」

　するとパズルは、いつも「もちろんだよ、シフト。もちろんさ、わかるよ」と言った。

　パズルは、決して文句を言わなかった。シフトのほうがずっとかしこいのだから、自分などと友だちになってくれるのは、とてもありがたいと思っていたからだ。そして、もしパズルがなにか反対しようものなら、シフトは、いつもこう言ったものだった。

「いいか、パズル。どうすればいいかは、おれのほうが、よくわかっている。おまえ、あんまり頭がよくないだろ、パズル。」

　するとパズルは、いつも「うん、シフト。そのとおりだよ。ぼく、あんまり頭がよくないよ」と言い、ため息をついて、なんでもシフトの言うとおりにするのだった。

　その年のはじめのある日の朝、ふたりは大釜池《おおがまいけ》のふちを散歩していた。大釜池とは、ナルニアの西境《にしざかい》の崖《がけ》のすぐ下にひろがる大きな池だ。巨大な滝が、永久につづく雷のような音をとどろかせて、ごうごうとその池に注ぎこみ、反対側から、ナルニア川となって流れ出ていた。滝のせいで、池の水はいつも躍るように泡立ち、まるで煮えたぎって、ぐるりぐるりと沸き返っているかのように見えた。だからこそ、大きな釜《かま》の池という名前がついたのだ。ナルニアの西の荒野の山々の雪がすべて解けて川となってここへ流れこんでくる早春に、滝は最も激しくなる。ふたりが大釜池をながめていると、ふいにシフトが、そのやせた黒い指で、なにかを指して言った。

「見ろ！ なんだ、あれ？」

「あれって、どれ？」と、パズル。

「あの黄色いもんだよ。ちょうど、滝から落ちてきたところだ。ほら！ また見えた。浮かんでるよ。なんだか見てみなくちゃいけないな。」

「いけないの？」と、パズルは言った。

「もちろん見てみなくちゃいけない」と、シフト。「役に立つものかもしれない。いい子だから、池に飛びこんで、取ってきてくれよ。そしたら、よく見ることができるだろ。」

「池に飛びこむの？」パズルは、その長い耳をヒクヒクさせながら言った。

「だって、そうしなきゃ、取ってこられないだろう？」と、サルのシフトが言った。

「だけど――だけど」と、パズル。「きみが行ったほうがよくない？ だってさ、ほら、あれがなにか知りたがってるのは、きみだもん。ぼくは、どうでもいいんだ。それに、きみには手があるでしょ？ ものをつかむことにかけちゃ、きみは、人間やこびとと同じぐらい、じょうずだよ。ぼくには、ひづめしかないから。」

「おいおい、パズル」と、シフトは言った。「おまえがそんなことを言うとは、思ってもみなかったよ。まったく、おまえらしくないな。」

「えっ、ぼく、なにか、いけないことを言った？」と、ロバのパズルは、とてもへりくだった声で言った。シフトがひどく怒っていることが、わかったからだ。「ぼくが言いたかったのは――」

「このおれに水に入れだなんて、よくもまあ」と、サルは言った。「サルっていうのは胸が弱いから、かぜをひきやすいってことを、まるで知らないかのように！　よーし、わかった。おれが入ってきてやろうじゃないか。このひどい風にさらされているだけで、もうじゅうぶん寒くてしかたがないけどね。入ってきてやるさ。きっとおれは死ぬだろうな。そしたらおまえは後悔するぜ。」シフトは、まるでどっと泣きだすかのような声で言った。

「どうか、やめて、やめて、やめてくれよ」と、パズルは、そう言いながら、思わずロバの鳴き声をあげてしまった。「そんなつもりじゃなかったんだよ、シフト、本当だよ。ぼくがどんなにばかで、一度にひとつのことしか考えられないか知ってるだろ。きみの弱い胸のことを忘れてたんだ。もちろん、ぼくが入るよ。きみが自分でするなんて考えないで。しないって約束して、シフト。」

シフトがそのとおり約束したので、パズルは、池のまわりの岩場の上をパカパカと四つのひづめを鳴らしてめぐりながら、どこから池に入れるかなと、さぐった。寒いのは別にしても、ゴボゴボと泡立っている水に入るなんて、まったく冗談ではない。パズルは、入るぞと決心するまで、まる一分間、ふるえながら立ちつくしてしまった。ところが、そのうちに、シフトがうしろから「やっぱり、おれがやったほうがいいってことかな、パズル」と声をかけてきた。パズルは、それを聞くと、「いやいや。約束しただろ。ぼく、もう入るから」と言って、池に入った。

顔じゅう泡だらけになった。口のなかは水でいっぱいになり、目が見えない。それから数秒間、ぶくぶくと沈んでしまった。また水面に顔を出せたときは、池のまったく別のところに流されていた。それから、うずに巻きこまれて、ぐるぐるまわり、どんどん速く流され、滝の下へ来てしまい、水の力でどんどん下へ下へと押し流され、もう息がつづかないと思ったとき、ふたたびあがってこられた。なんとか水面に顔を出し、とうとう、つかまえようとしていた例のものの近くまで来たが、それはすうっと流されていったかと思うと、そのまま滝の下へ入って、底まで沈んでしまった。またあがってきたときには、はるか遠くへ行っていた。それでも、体じゅうあざだらけになって、こごえて死にそうに疲れ果てながらも、ようやく、そのものを歯でつかむことに成功した。そうして、それをくわえて池から出てきたが、それは暖炉の前に敷く絨毯《じゅうたん》ほど大きく、かなり重く冷たくて、ぬるぬるしていたため、何度も前足にからんでしかたなかった。

　パズルは、それをシフトの前に放り出し、水をしたたらせながら、なんとか息を整えようとして、ふるえて立っていた。ところが、サルは、パズルを見もしなければ、だいじょうぶかと声をかけもしなかった。そのものをひろげたり、たたいたり、においをかいだりしながら、そのまわりをぐるぐるまわっていたのだ。それから悪そうな光を目に浮かべて、こう言った。

「こいつはライオンの皮だ。」

「イー――オー――オー――へえ、そうなの？」パズルは、あえいだ。

「さあて、こいつは……どうしたもんか……どうしたもんか。」シフトは、ひどく真剣に考えながら、ひとりごとを言った。

「かわいそうに、ライオンは、だれに殺されたのかな。」やがて、パズルが言った。

「うめてあげなくちゃ。お葬式をしなきゃね。」

「おいおい、こいつは、ものを言うライオンじゃないよ」と、シフト。「そんなことは気にしなさんな。この滝のむこうの荒野に、ものを言う獣《けもの》なんかいないんだから。この皮は、口のきけない野生のライオンのものさ。」

　ちなみに、そのとおりだった。人間の狩人《かりゅうど》が、数か月前に西の荒野のどこかでこのライオンを殺して皮をはいだのだ。しかし、それはこの物語とは関わりがない。

「それでも、シフト」と、パズルは言った。「たとえ、ものを言わない野生のライオンの皮だとしても、ちゃんと埋葬してあげなきゃいけないんじゃないかな。だって、その、ライオンっていうのは――えっと、その、えらいんじゃないかな？　ほら、あのひとのこともあるし。そう思わない？」

「ばかなことを考えるんじゃないよ、パズル」と、シフトは言った。「だって、考えるなんていうのは、おまえ、得意じゃないだろ？　おまえのために、この皮をすてきな、温かい冬のコートに仕立ててやろうじゃないか。」

「いやあ、それはよくないと思うなあ」と、ロバ。「そんなことしたら――だって、ほかの獣たちに、まちがえられちゃうよ――つまり、ぼくは、あんまり、それは――」

「なにを言ってるんだ？」シフトは、サルがよくやるように、自分の体を毛並みと逆に上へかきむしりながら言った。

「あの偉大なライオン、アスラン自身に対しても、申しわけないと思うんだ。ぼくみたいなロバがライオンの皮をまとうなんて」と、パズル。

「おい、ごちゃごちゃ言うのはやめてくれ」と、シフト。「おまえみたいなロバが、なにを知っているというんだ。いいか、おまえは考えるのが苦手なんだから、考えるのは、おれに任せとけゃいいんだ。どうしておれがおまえにしてやっているように、おまえもおれにしてくれないのかね。おれだって、なにもかもできるわけじゃない。おまえのほうが得意なことだってある。だから、おまえに池に入ってもらったんじゃないか。おまえのほうがじょうずにやるって、わかってたからだよ。だから、今度は、おれにできて、おまえにできないことを、おれにもやらせてくれたっていいだろ？おれには、なにもやらせてくれないのか。そいつは公平《フェア》じゃねえぞ。順番こだ。」

「ああ、それはもちろんさ。そういうふうに言うならね」と、パズル。

「いいか」と、シフト。「おまえは、下流のチッピングフォードまで大急ぎで走っていって、オレンジかバナナを売ってるかどうか見てきてくれ。」

「だけど、ぼく、もう、疲れちゃったよ」と、パズルは訴えた。

「そうだ。だけど、おまえはとても冷えきっていて、ぬれている」と、サル。「体を温めなきゃ。さっと走るのが、ちょうどいいんだよ。それに今日は、チッピングフォードで市が立つ日なんだ。」そして、もちろん、パズルは「行ってくるよ」と答えたのだった。

ひとりになるとすぐ、シフトは、両手両足をついたり、二本足で立ったりしながら、よろよろと、自分の家のある木へもどっていった。それから、枝から枝へと飛びうつってのぼり、ずっとニヤニヤしながら、ぶつぶつ言いつつ、小さな家のなかへ入っていった。家には、針と糸と大きなはさみがあった。シフトは器用なサルで、こびとたちから縫い物のやりかたを教わったことがあったのだ。糸の玉（糸というよりは、ひものようなとても太いものだった）を口に入れたので、まるで大きなあめ玉をなめているかのように頬がふくらんだ。針を口にくわえ、はさみを左手に持って木をおりてくると、ライオンの皮のところまで、よろけるように歩いた。そして、しゃがみこむと、仕事にかかったのである。

　ライオンの皮は、胴体はパズルには長すぎるし、首は短すぎると、すぐわかった。そこで、胴体のところから一部を大きく切り取って、パズルの長い首にちょうど合う首まわりの筒を作った。それから、ライオンの皮の頭を切り落とし、頭と肩をつなげるように、その筒を縫いつけた。皮の両側にひもを通しておいて、パズルが皮をかぶったら、胸とおなかの下でそのひもをしばりあげられるようにした。ときどき頭上を小鳥が通ったので、シフトは仕事をやめて、心配そうに見あげた。なにをしているのか、だれにも見られたくなかったのだ。けれども、見かけた鳥は、どれも、もの言う鳥ではなかったので、気にすることはなかった。

　その日の午後遅く、パズルがもどってきた。走ってではなく、ロバがよくやるように、しんぼう強く足を引きずるように歩いてきた。

「オレンジはなかったよ」と、パズル。「バナナもなかった。疲れちゃったよ。」パズルは横になった。

「さあ、きみの美しい、新しいライオン皮のコートを着てみてくれ」と、シフトが言った。「そんな古い皮なんて嫌だよ」と、パズル。「明日《あした》の朝、着てみるよ。今晩はもう、疲れた。」

「ひどいじゃないか、パズル」と、シフトが言った。「きみは疲れたって言うけど、おれはどうだと思っているんだ？　一日じゅう、きみが谷をおりて、すがすがしいすてきな散歩をしているあいだ、おれはきみのために、一所懸命がんばってコートを作ってたんだぜ。おれの手は、このはさみをにぎれなくなるほど疲れてしまった。なのに、ありがとうも言ってくれないなんて――それに、コートを見ようともしないなんて――どうだっていいんだね――どうせ――おれのことなんか――」

「シフトくん」と、パズルは、すぐに立ちあがって言った。「ごめんよ、ひどいことをしたね。もちろん、着てみたいさ。それに、とってもすてきじゃないか。すぐに着せてくれよ。おねがいだよ。」

「じゃあ、じっとしてろよ。」皮は、サルが持ちあげるにはかなり重たいものだったが、引っぱったり押したり、息をふうふういわせながら、なんとか着せることができた。パズルのおなかの下でひもを結び、毛皮の脚をパズルの脚にしばりつけ、しっぽをパズルのしっぽにくっつけた。パズルの灰色の鼻と顔のかなりの部分が、ライオンの頭にあいた口からのぞいていた。本物のライオンを見たことがある人なら、一瞬でもだまされることはないだろう。ライオンを見たことがない人だったら、このライオンの皮を着たパズルを見て、ライオンだと思ってしまうかもしれないが、近寄って明るいところで見れば、しかもパズルがバーと鳴いたり、ひづめで音をたてたりしたら、すぐにライオンでないことがばれてしまうだろう。

「すばらしいよ、すばらしい」と、サルは言った。「きみを見たら、だれだって、きみがあの偉大なるライオン、アスランそのひとだと思うだろうな。」

「そんなの、恐ろしいことだよ」と、パズル。

「そんなことはないよ」と、シフト。「みんな、きみの命令どおりにするぜ。」

「でも、ぼく、みんなに命令なんかしたくないよ。」

「おれたちができるすごいことを考えてみなよ。おれがいろいろ教えてやるからさ。ちゃんとした命令を考えといてやるよ。そしたら、たとえ王さまだって、おれたちに従わなきゃならなくなるぜ。ナルニアをちゃんとさせてやろうじゃないか。」

「でも、もう、ちゃんとしてるんじゃない？」と、パズル。

「なんだって！」シフトは叫んだ。「ちゃんとしてるだって？　オレンジもバナナもないのにかよ？」

「えっと、だって、そんなふうに思うひとはあまりいないんじゃないかな。――実際、そういったものをほしがってるのは、きみだけじゃないかなあ。」

「砂糖だってそうだ」と、シフト。

「そりゃあ、砂糖がたくさんあればすてきだけど。」

「じゃあ、それで決まりだ。おまえはアスランのふりをしていろ。なんて言えばいいか、おれが教えてやるから。」

「いや、いや、いや」と、パズル。「そんな恐ろしいこと、言わないで。それはいけないことだよ、シフト。ぼく、あんまり頭よくないけど、それぐらいは、わかるよ。本物のアスランが現れたら、どうなるの？」

「とってもよろこんでくれるんじゃないかな」と、シフト。「ひょっとすると、このライオンの皮をわざとおれたちに送ってくれたのかもしれないぜ。おれたちが物事を正せるようにね。とにかく、アスランは現れやしないさ。最近、ずっとそうだろ。」

そのとき、すぐ頭上で、大きな雷鳴がとどろき、地震が起きて地面が揺れた。サルもロバも、バランスを失って、うつぶせに地面に倒れた。

「そら見たことか！」と、パズルは息がつけるようになると、あえいで言った。「これは、しるしだよ。警告だよ。恐ろしくいけないことをしているんだ。このひどい皮を、今すぐ取ってよ。」

「いやいや」と、サルは言った。（とても頭の回転が速いのだ。）「こいつは、いい意味の前兆だよ。おれはちょうど、おまえが言うような本物のアスランがいて、これをやれと背中を押すなら、おれたちのために、雷を鳴らして地面を揺らしてくれるだろうって言おうと思ってたところさ。まさにそれを言おうとしていたときに、しるしがきたってわけだ。だから、やらなくちゃならないよ、パズル。おねがいだから、もうこれ以上、ごたごた言わないでくれ。おまえには、こうしたことはわかっちゃいないんだから。ロバのくせに、しるしのなにがわかるってんだ？」

第二章

カッとなった王

　それから三週間ほどたったある日のことだ。ナルニアの最後の王は、狩猟用の小さな小屋の戸口のそばに生えている大きなオークの木の下にすわっていた。気持ちのいい春の陽気にさそわれると、王は、十日間ほど、この狩猟小屋に滞在したものだった。それは、背が低いわらぶき小屋で、《街灯の跡地》の東のはずれから遠くないところにあり、ふたつの川が交わるところより上流にあった。王は、宮廷のある町《ケア・パラベル》のはなやかさから遠ざかって、のんびりとした暮らしをするのが好みだった。王の名前はティリアン王といい、二十代前半だった。まだ若いのに肩幅は広く、屈強で筋骨隆々の手足をしていたが、ひげはまだのびていなかった。青い目をして、こわいもの知らずの正直な顔つきをしていた。

　その春の日の朝、王のそばには、親友のジュエルという一角獣《ユニコーン》のほかは、だれもいなかった。ふたりは兄弟のように愛しあっていて、戦で命を助けあったこともあった。この貴族のような動物は、王の椅子のそばに立ち、その首をぐるりと曲げて、その青い角をクリームのような自分の白いわき腹にこすりつけて、みがいていた。

「ジュエル、今日は、仕事やスポーツをする気になれないよ」と、王は言った。「あのすばらしい知らせのことで頭がいっぱいなんだ。今日、あのいい知らせがもっと入ってくるかな？」

「まったくあんなすばらしい知らせは、われわれの時代にも、父や祖父の時代にも、聞いたことのないおどろくべきものです、陛下」と、ジュエルが言った。「本当なのでしょうか。」

「本当でないわけがなかろう」と、王。「アスラン来たれり、アスランがまたナルニアにいらしたと、最初の鳥たちが伝えに来てくれたのは一週間以上前のことだ。それから今度は、リスたちだ。アスランを見たわけではないが、アスランはまちがいなく森にいらっしゃると言っていた。それから、牡鹿だ。自分の目で見たと言っていた。街灯の跡地で、ずっと遠くから、月明かりのなかでだが。それから、カロールメンからやってきた商人だ、あのひげを生やした黒い男だ。カロールメン人は、われわれとちがって、アスランのことなど気にもかけない連中だが、あの男はまちがいないと言っていた。それから、昨夜のアナグマだ。あれもまた、アスランを見たと言うんだ。」

「たしかに、陛下」と、ジュエルが答えた。「それらのことは、すべて信じております。もし私が信じていないように見えましたら、それは、よろこびがあまりにも大きすぎるがために、信じがたいからにすぎません。まったくすばらしすぎて、信じる気になかなかなれないのです。」

「そうだ」と、王は、まるでふるえるように、よろこびの大きなため息をついた。「これこそは、わが人生で最大のよろこびとなるだろう。」

「お聞きください！」ジュエルが、その頭を一方にかしげ、両耳を前にむけてピンと立てて言った。

「どうした？」王がたずねた。

「ひづめの音です、陛下」と、ジュエルは言った。「馬が全速力で駈《か》けてきます。重量級の馬ですね。ケンタウロスでしょう。ほら、やってまいりました。」

金色のひげを生やした大きな半人半馬《ケンタウロス》が、額に人間の汗を浮かべ、栗色の腹には馬の汗を浮かべて、王の前へ駈けつけると、止まって、頭を低くさげておじぎをした。

「万歳、王さま。」ケンタウロスは、牡牛《おうし》のように低い声で叫んだ。

「おい、だれか！」王は、狩猟小屋の戸口を肩越しにふり返りながら言った。「気高いケンタウロスにワインを一杯持て。よくぞまいった、ルーンウィット。息が整ったら、使いの用件を教えてくれ。」

小姓が小屋から出てきて、奇妙な彫り物が施された大きな木の椀《わん》を運び、それをケンタウロスのルーンウィットにわたした。ケンタウロスは椀を持ちあげて、こう言った。

「まずはアスランと真実に乾杯します。つづいて陛下のために。」

ケンタウロスは、屈強な男六人分のワインをひと呑《の》みにすると、空になった椀を小姓に返した。

「さて、ルーンウィット」と、王。「また、アスランの知らせを持ってきてくれたのか？」

ルーンウィットは、少しまゆをひそめて、実に重々しい顔をした。

「陛下。私がどれほど長く生きて、星々を研究していたかは、ご存じのとおりです。われわれケンタウロスは、人間よりも長生きですし、陛下のやさしきユニコーンよりもさらに長生きをします。今年のように、これほどの恐怖が空に描かれたのを見たことは、生まれてこのかたございません。星々はアスランの到来を告げておらず、平和やよろこびを告げてはおりません。かような悲惨な星々の結びつきは、この五百年間ございませんでした。それは、わが見識によってわかります。なにか大きな邪悪なるものがナルニアにせまっているとご忠告しに馳《は》せ参じようと考えておったところ、昨夜、アスランがナルニアにいらっしゃっているといううわさが私の耳にも入りました。陛下、そのような話を信じてはなりません。ありえぬことです。星々はうそをつきませんが、人間や獣は、つきます。もしアスランが本当にナルニアにいらっしゃるなら、空はそれを予言したはずです。本当にいらっしゃるなら、その名誉をたたえて、最も優雅な星々が集まったことでしょう。すべて、うそにございます。」

「うそだと！」王は、激怒して言った。「いったいナルニアの、いや、この世のどんな生き物がそのようなことでうそをつくものか？」そして、思わず知らず剣の柄《つか》に手をかけていた。

「それは存じませんが、陛下」と、ケンタウロス。「存じておるのは、地上には、うそつきが多いということです。星々のなかには、おりません。」

「星々がそう告げていなくとも」と、ジュエルが言った。「アスランがおいでになることはないのでしょうか。あのかたは、星に支配されているわけではなく、むしろ星々を創ったおかたです。あらゆる古い物語において、あのかたは、ひとになつくライオンではないと言われていませんでしたでしょうか。」

「よくぞ申した、よくぞ申した、ジュエル」と、王は叫んだ。「まさにそう言われている――ひとになつくライオンではない、と。多くの話でそう語られている。」

ルーンウィットが片手をあげて、王になにか言おうと身を乗り出したそのとき、三人は、泣き叫ぶような声が急に近づいてくるのに気づいて、ハッとふり返った。西の森は奥深く、やってくる者の姿はまだ見えない。けれども、やがてこんなことばが聞こえてきた。

「悲しい、悲しい、悲しゅうございます！　わが兄弟姉妹たちのためになげきます！

聖なる木々のためになげきます！　森は、荒れ果ててしまいました。斧《おの》が、私たちにふりおろされています。私たちは、倒れます。偉大なる木々が、倒れる、倒れる、倒れる。」

最後の「倒れる」ということばとともに、そのひとが見えてきた。女の人のようだが、とても背が高く、頭はケンタウロスの頭ほど高いところにあり、木のようでもあった。みなさんが木の精ドリュアスを見たことがなければ説明はむずかしいが、一度でも見たことがあれば、すぐにドリュアスとわかったはずだ。肌の色も、声も、髪の毛も、独特だからだ。ティリアン王とふたりの獣は、すぐにそれがブナの木の精だとわかった。

「正義を求めます、王さま！」と、木の精は叫んだ。「助けに来てください。あなたの臣民をお守りください。街灯の跡地で、やつらは、私たちを切り倒しているのです。われらが兄弟姉妹の四十もの巨大な幹が、すでに地面に倒されております。」

「なんと、淑女《レイディ》よ、街灯の跡地の木々を切り倒していると？　もの言う木々たちが殺されているだと？」王は、さっと立ちあがり、剣を抜きながら叫んだ。「よくもそんな。いったいだれが？　アスランのたてがみにかけて――」

「あーあーあー」と、ドリュアスは、痛みに身をふるわせるかのように、あえいだ。まるで何度もなぐられているかのように、身をふるわせつづけている。それから突然、両足が切り落とされたかのように、横に倒れた。一瞬、芝生の上に死んで横たわったかと思うと、木の精は消えてしまった。三人には、なにが起こったのかわかった。何キロも遠くにあるこのドリュアスの木が切り倒されたのだ。

しばらくのあいだ、王の悲しみと怒りはあまりにも激しく、口をきくこともできなかった。やがて、王は、こう言った。

「行こう、友よ。川をのぼり、このようなことをした悪党どもを、できるかぎり大急ぎで見つけなければならん。ひとりも生かしておくものか。」

「陛下、御意にございます」と、ジュエル。

しかし、ルーンウィットは言った。

「陛下、正しい怒りではございますが、お気をつけください。不思議なことが起こっております。あの谷の奥に武装した叛乱《はんらん》軍がいるとすれば、われわれ三人では、とても太刀打ちできません。どうかしばらくお待ちになって――」

「私は一秒の十分の一も待ちはしない」と、王。「しかし、ジュエルと私が先へ進むあいだ、きみは全速力でケア・パラベルへ行ってくれ。しるしとして、この指輪を持っていくがよい。二十名のしっかり武装した騎兵と、口をきく犬二十四、こびと十人(腕のいい射手にしてくれよ)、それからヒョウ一頭ほど、そして巨人のストーンフットを連れてきてくれ。できるだけ早くたのむ。」

「かしこまりました、陛下。」ルーンウィットは、そう言うなり、ただちにむきを変えると、谷を東へ駈けおりていった。

王は、ぶつぶつ言ったり、両のこぶしをぎゅっとにぎりしめたりしながら、早足で歩いた。ジュエルは、だまってついていった。ユニコーンの首からさがるりっぱな金の鎖がかすかに鳴る音や、二本の足と四つのひづめの足音がひびくばかりで、ふたりは一言もことばを交わさなかった。

ふたりはやがて川に出て、草深い道を通って上流へのぼっていった。左手に川、右手に森がある。そのうちに地面がごつごつして、川べりまでうっそうとした森がせまっているところへやってきた。道とも言えない道が川の南岸にあり、そこへ行くためには、川の浅瀬をわたらなければならない。水はティリアンのわきの下まであったが、ジュエルは（足が四本あって人間よりも安定していたので）王の右側に立って、川の流れから王を守った。ティリアンは、ユニコーンの頑丈な首にがっしりした腕をまわし、ふたりは無事に川をわたった。王はまだ腹をたてていたので、川が冷たいのにも気づかぬほどだった。しかし、もちろん、むこう岸に着いたらすぐ、唯一ぬれることのなかったマントの肩の部分で、ぬれた剣をとてもていねいにふいた。

今度は川を右手に見て、まっすぐ前方の街灯の跡地へむかって西へ進んだ。一キロ半ほども行かぬうちに、ふたりは同時に止まり、同時にこう言った。

「なんだ、これは？」と王。「ごらんください！」とジュエル。

「いかだだ」と、ティリアン王は自分で答えた。

たしかに、いかだだった。りっぱな六本ほどの、切ったばかりの木の幹が、枝もきれいに切り落とされ、いかだに組まれて、すいすいと川をくだってくるのだ。いかだの前のほうで、水辺に住むネズミが棒で舵《かじ》をとっている。

「おい！　水ネズミくん！　なにをしている？」王は、大きな声で呼んだ。

「丸太をカロールメン人に売りに行くんです、陛下」と、ネズミは、まるでぼうしをかぶっていたら、そのぼうしにふれて挨拶《あいさつ》するように、耳にふれて言った。

「カロールメン人だと！」ティリアンは、怒鳴った。「どういうことだ？　その木々を切り倒せとだれが命じた？」

　この時季の川は流れが速く、いかだはとっくに王とジュエルの前を通りすぎて行ってしまった。しかし、ネズミは、肩越しにふり返って、こう叫んだ。

「ライオンの命令です、陛下。アスランご自身の。」ネズミはさらになにか言ったが、聞こえなかった。

たがいに顔を見あわせた王とユニコーンは、これまで戦ったどんな戦でも見せたことのない恐怖の表情をしていた。

「アスランだと。」とうとう王は、かなり低い声で言った。「アスランだと。本当だろうか。アスランが聖なる木々を倒し、ドリュアスたちを殺すなんてことがありうるか？」

「ドリュアスたち全員がなにかひどくいけないことをしたのでもないかぎり――」ジュエルがつぶやいた。

「しかも、カロールメン人たちに売りに行くだと！」と、王。「そんなことがありうるか？」

「わかりません」と、ジュエルはなさけない気持ちで言った。「あのかたは、ひとになつくライオンではありませんからね。」

「ともかく」と、王は最後に言った。「このまま先へ行って、どうなっているのか見きわめなければならん。」

「そうするしかありませんね、陛下」と、ユニコーンは言った。ふたりだけで先へ行くことがどれほどおろかであるか、このときユニコーンにはわからなかった。それは、王も同じだった。ふたりは怒りのあまり、冷静に考えられなかったのだ。しかも、ふたりが血気にはやったために、結局、さらにひどいことになってしまう。

突然、王は友の首にしっかりもたれかかると、その頭をさげた。

「ジュエル、われわれの前になにがあるのだ？　恐ろしい考えがこの胸にわき起こる。今日より前に死んでいれば、われらはしあわせな生涯を送ったと言えたであろうに。」

「はい」と、ジュエル。「長生きをしすぎました。世界一ひどいことが今起ころうとしているのです。」ふたりはそのまま一、二分立ちすくんでから、歩きだした。

やがて、斧が木を切り倒しているカーンカーンという音が聞こえてきた。だが、前方の地面がもりあがっていたために、まだなにも見えない。その丘の上まで行くと、街灯の跡地そのものがよく見えた。それを見た王の顔は、まっ青になった。

その古《いにしえ》の森のまんなかへ――かつては金や銀の木々がしげり、私たちの世界から出ていった子どもが《守りの木》を植えた森だったのだが――そこに、まっすぐに大きな道が切りひらかれていた。倒された木々が川まで引きずられたあとだ。それは、この国につけられた、生々しい切り傷のような泥だらけのひどい道だった。大勢のひとが働いていて、鞭《むち》の鳴る音や、丸太を引っぱる馬たちのがんばっている音がした。王とユニコーンが最初に気づいたのは、そこにいる大勢の約半分は、もの言う獣ではなく、人間だということだ。つぎに、その人間たちは、ナルニアの金髪の人々でないこともわかった。肌の黒い、ひげを生やしたカロールメン人たちだ。カロールメンとは、アーチェンランド国よりはるか遠く、砂漠の南にある残酷な大国だ。もちろん、ナルニアでも、カロールメン人のひとりやふたりなら、出会うことはある。当時カロールメンはナルニアと和平を結んでいたから、商人や大使がいても、不思議ではなかった。ところが、こんなにたくさんのカロールメン人がここにいるのは、へんだった。ティリアンには、わけがわからなかった。それに、どうしてナルニアの森を切り倒しているのだろうか。王は、剣の柄《つか》をぎゅっとにぎりしめると、左腕にマントを巻きつけた。王とジュエルは、すばやくカロールメン人たちの前にやってきた。

ふたりのカロールメン人が、一本の丸太に結びつけた一頭の馬をせきたてていた。王がやってきたちょうどそのとき、丸太はひどいぬかるみにはまっていた。

「おらおら、ぐずぐずするな、引け、このぐうたらめ！」カロールメン人が鞭を鳴らして叫んだ。馬はもうせいいっぱいがんばっており、その目はまっ赤になって、口から泡を吹いていた。

「働け、のらくら者め。」カロールメン人が叫んで、その鞭で馬を残酷に打ちすえた。本当に恐ろしいことが起こったのはそのときだった。

それまでティリアンは、カロールメン人たちが働かせているのはカロールメンの馬だと思いこんでいた。私たちの世界にいる馬のように、もの言わぬ、おろかな動物だと思っていたのだ。もちろんもの言わぬ馬であっても、無理やりかりたてられるのを見るのは嫌なものだが、王は、そのとき、木々が殺されたことに気をとられていた。ナルニアのもの言う自由な馬に馬具を取りつけることなどありえないし、まさかナルニアの馬を鞭打つ人がいようなどとは、思ってもみなかったのだ。ところが、その残酷な鞭が馬に打ちつけられたとき、馬はうしろ足で立ちあがって、なかば叫ぶようにして、こう言ったのだ。

「おろか者の暴君め、私がせいいっぱいやっていることがわからないのか！」

その馬がナルニアの馬だとわかったとき、王とジュエルは、頭に血がのぼってしまい、自分たちがなにをしているのかさえわからなくなった。王の剣が抜かれ、ユニコーンの角がかまえられた。ふたりは、ともに前へ突撃した。つぎの瞬間、カロールメン人はふたりとも死んでおり、ひとりはティリアンの剣によって首をはねられ、もうひとりはジュエルの角によって心臓をつらぬかれていたのだった。

第三章

勝ちほこるサル

「馬くん、馬くん。」ティリアンは、さっと馬の引き革を切りながらたずねた。「どうしてこんな外国の奴隷にさせられたんだ？ ナルニアは征服されたのか？ 戦いがあったのか？」

「いいえ、陛下」と、馬はあえいだ。「アスランがいらしたのです。すべてアスランの命令なのです。アスランが命じて――」

「お気をつけください、陛下」と、ジュエルが言った。ティリアンが顔をあげると、四方八方からカロールメン人が（もの言う獣たち何匹かといっしょに）こちらへ駆《か》けつけてくるのがわかった。ふたりの死んだ男たちは、声もあげずに倒れたから、ほかの連中が気づくまでに、ほんの少し時間がかかったのだ。しかし、もう気づかれて、ほとんどの者が三日月刀を抜いてかまえていた。

「急いで。私の背に乗ってください」と、ジュエル。

王は、旧友の背にさっとまたがると、ジュエルはむきを変えて走りさった。敵が見えなくなるとすぐ、ジュエルは、二、三度方向を変えて川をわたり、ペースをゆるめることなく、こう叫んだ。

「どちらへまいりますか、陛下。ケア・パラベルでしょうか。」

「止まってくれ、友よ」と、ティリアン。「おろしてくれ。」王は、ユニコーンの背からおりて、友とまっすぐむきあった。

「ジュエルよ」と、王は言った。「恐ろしいことをしてしまった。」

「つい、頭に血がのぼってしまいました」と、ジュエル。

「だしぬけに襲ってしまった。敵は武器を持っていなかったのに、戦いを宣言することもなく――なんということだ。われわれは、人殺しをしてしまったのだよ、ジュエル。私は永遠に不名誉をこうむった。」

ジュエルは、うなだれた。ジュエルもまた、恥ずかしい思いでいた。王は言った。

「それに、あの馬が言うには、アスランの命令によるものだという。ネズミも同じことを言っていた。アスランがいらしたと、みなが言っている。それが本当だとしたら？」

「しかし、陛下、アスランがあんな恐ろしいことを命令なさるものでしょうか？」

「ひとになつくライオンではないのだ」と、ティリアンは言った。「アスランがどうなさるか、われわれには知りようがない。われわれは、ただの人殺しだ、ジュエル。もどろう。私は剣を差し出して、あのカロールメン人たちに身をゆだね、アスランの前に引き出してほしいと、たのむことにしよう。アスランが私に正義の鉄槌《てっつい》を下されるだろう。」

「それでは、殺されてしまいます」と、ジュエル。

「アスランが私に死を命じるのであれば、やむをえまい」と、王。「そんなことはどうでもいい。つまらぬことだ。アスランがいらしたというのに、われわれが信じ、長く求めていたアスランとはちがうというこの耐えがたい恐怖を味わうくらいなら、死んだほうがましとは思わぬか。まるで、ある日、太陽がのぼってきたら、それがまっ黒だったかのようだ。」

「そうですね」と、ジュエル。「水を飲んだら、それが乾いていたようなものです。おっしゃるとおりです、陛下。万事おしまいです。行って、投降しましょう。」

「おまえまで行く必要はない。」

「もしたがいに愛しあっていたのであれば、私にもお供させてください」と、ユニコーンは言った。「陛下が亡くなり、アスランがアスランでないのなら、私が生きていてもしかたありません。」

　ふたりはむきを変えて、苦い涙を流しながら、来た道を引き返した。

　さっきの場所に来ると、カロールメン人たちは雄叫《おたけ》びをあげて、刀を手にしてやってきた。しかし、王は自分の剣の柄を相手にむけ、さし出して言った。

「私はナルニアの王であったが、不名誉なる騎士として、アスランの正義の前に、この身をさし出す。アスランの前に連れていってくれ。」

「私もそうします」と、ジュエル。

すると、肌の黒い男たちは、ニンニクや玉ねぎのにおいをさせながら、茶色い顔からぎらぎらと白い目をきらめかせて、ふたりのまわりにむらがった。ジュエルの首に縄がかけられ、王の剣は取りあげられ、両手をうしろ手にしばられた。ターバンの代わりに兜《かぶと》をつけていたカロールメン人がどうやら隊長だったらしく、ティリアンの頭から金の冠をひったくると、自分の服のどこかにさっとしまいこんだ。ふたりの囚人は丘をのぼらされた。てっぺんに大きな空き地があった。そこに見えたのは、こんな光景だった。

丘のいちばん高いところ、空き地のまんなかに馬小屋のような小屋があって、屋根はわらぶきだった。戸は閉まっており、その前の草地にサルがすわっていた。アスランに会うつもりでいたティリアンとジュエルは、サルのことなど聞いていなかったので、とてもとまどった。このサルはもちろんシフトだったが、今ではえらそうな服を着ていたので、大釜池のそばに住んでいたころより十倍もみにくく見えた。こびと用の赤い上着を着ていたが、ぜんぜん似合っていなかった。うしろ足には、宝石のついたスリッパをはいていたが、サルのうしろ足は、みなさんもご存じのように、本当は手のようなものなので、スリッパをきちんとはけていなかった。頭には紙の王冠のようなものをつけており、そばに巨大な木の実の山があって、木の実を口でパリッとかんでは、その殻《から》を吐き出していた。そして、赤い上着をしょっちゅう引っぱりあげては、体をぼりぼりとかいていた。もの言う獣たちが大勢その前に立っており、ほぼ全員が、うろたえて不安そうな、みじめな顔をしていた。捕らえられてきたのがだれかわかると、みんなうなってめそめそした。

「アスランのことばを伝えてくださるシフト閣下」と、カロールメン人の隊長が言った。「囚人を連れてまいりました。われらが勇気と腕によって、われらが偉大な神タシュのお許しを得て、この自暴自棄の人殺しどもを生け捕りにいたしました。」

「そいつの剣をよこせ。」と、サルは言った。そこで、カロールメン人たちは、王の剣を取りあげて、剣帯といっしょに、サルにわたした。サルがそれを自分の首にかけると、いっそうおかしく見えた。

「このふたりのことは、あとまわしだ。」サルは、ふたりの囚人のほうに、木の実の殻をペッと吐き出して言った。「ほかにやることがある。そいつらは待たせとけ。いいか、みんな、まず言っておきたいのは、木の実のことだ。リスのリーダーはどこだ。」

「ここです。」赤いリスが前へ出て、おどおどとおじぎをした。

「ああ、そこか」と、サルはいやらしい表情を浮かべた。「いいか、よく聞け。もっと木の実がほしい。つまり、アスランがご所望でいらっしゃる。ここに持ってきたようなもんじゃ、ぜんぜん足りんぞ。もっと持ってくるんだ。いいか。倍持ってこい。それも明日《あした》の日が暮れるまでにだ。それから、悪くなったやつや、小さいのがまじっていてはならん。」

　当惑したつぶやきがリスたちのあいだにひろがり、リスのリーダーは勇気をふりしぼってこう言った。

「どうか、アスランご自身から直接おことばをいただけないでしょうか。どうか会わせていただきたいのです――」

「だめだ」と、サルは言った。「アスランはご親切にも、今晩ほんの少し出てきてくださる。（おまえたちにはもったいないことだがな。）そしたら、アスランをおがむがいい。だが、おまえらに寄ってたかって質問攻めにされるようなことは、お嫌なのだ。おまえらが言いたいことは、おれを通してお伝えする。もしアスランさまをわずらわせるに値すると、おれが思えばだがな。それまでは、おまえらリスどもは、さっさと木の実を用意するがいい。それも明日の日暮れまでだ。さもなきゃ、いいか、ひどい目にあうぞ。」

　かわいそうなリスたちは、まるで犬に追い散らされるかのように逃げていった。この新たな命令は、リスたちにとっては、ひどい知らせだった。冬ごもりのために一所懸命ためてきた木の実がもうあらかたサルに食べつくされてしまったのだ。ほんのわずか残っている木の実にしても、さし出せる以上のものをすでにサルにさし出していた。

　そのとき低い声がした。大きな牙《きば》を生やした毛むくじゃらのイノシシの声だ。獣の群れのどこか別のところから聞こえてきた。

「だけど、どうしてアスランはちゃんと姿を現さず、われわれはアスランと話せないんだ？　むかしナルニアにいらしたころは、だれだって面とむかって話せたのに。」

「そんなのは、うそだ」と、サルは言った。「たとえ本当だったとしても、時代が変わったんだ。アスランは、むかしはおまえらにやさしくしすぎたとおっしゃっている。わかるか。もうやさしくはしねえってよ。今度は、おまえらをシャキッとさせてやるってさ。ひとになつくライオンだと思うようなやつに、ものを教えてやるってさ。」

　低いなげきの声と、めそめそと泣く声が、獣たちから聞こえた。そのあとで、いっそうみじめなようすで、みんなはしんとなった。

「それから、もうひとつ、覚えておいてもらおうか」と、サルが言った。「おれがサルだと言ってるやつがいるが、おれはサルじゃねえ。おれは人間だ。サルみたいに見えたとしたら、それは、おれがとても年をとってるからだ。何百年も何百年もな。それだけ年をとってるから、かしこいんだよ。そして、おれはかしこいから、アスランは、おれだけに話すことにしたんだ。ばかな大勢の動物たちに話しかけるなんて、やっちゃいられねえってさ。おまえらがやるべきことを、アスランはおれに教えてくれる。で、おれが、おまえらに教えてやるってわけさ。言うことを聞け。さっさとやるんだ。ふざけやがったら、アスランが承知しねえぞ。」

　とてもおさないアナグマが泣きだして、おかあさんが静かにさせようとしたことをのぞいては、また、しんと沈黙がひろがった。

「もうひとつあった」と、サルは新しい木の実をほおばりながら、つづけた。「馬たちが、さっさとこの木を運ぶ仕事をかたづけて、また自由になろうなんてことを言っているのを聞いたが、そんな考えは、とっとと忘れちまいな。馬だけじゃねえ。働ける連中は、みんな、ずっと働かされるんだ。アスランが、カロールメン人の王さまと取り決めをしたからな。おれたちの顔の黒いお友だちがティズロック王と呼んでる王さまとな。おまえら、馬と牛とロバは、カロールメンに送られて、働かされる。ほかの国で馬たちが引っぱったり、運んだりしてるようなことをするんだ。それから、おまえら、モグラや、ウサギや、こびとといった穴を掘る動物は、ティズロック王の鉱山で働くことになる。それから――」

「いえ、いえ、いえ。」獣たちは吠《ほ》えた。「そんなはずは、ありません。アスランが私たちを、カロールメン人の王さまの奴隷にするなんて。」

「うるせえ！　だまってろ！」サルは、うなった。「だれが奴隷だなんて言った？奴隷じゃねえよ。給料が支払われるんだ。たんまりとな。つまり、おまえらの給料は、アスランのふところに入り、アスランはそれを、みんなのために使ってくださるんだ。」そう言うと、サルは、カロールメン人の隊長を、ほとんどウインクするように、ちらりと見た。そのカロールメン人は、おじぎをして、えらそうなカロールメン人ふうの返事をした。

「アスランのことばを伝えてくださる最もかしこき者よ。ティズロック王――国王陛下万歳！――は、この賢明なる計画において、閣下とすっかり心をひとつにしております。」

「ほおら！　わかったろ！」と、サル。「ぜんぶ取り決めずみなんだ。それも、おまえらみんなのためだ。おまえらがかせぐ金で、ナルニアをまともな国にしようじゃねえか。オレンジやバナナがどっさり手に入って――道も、大都市も、学校も、仕事場もあれば、鞭《むち》も、口輪も、鞍《くら》も、檻《おり》も、犬小屋も、牢屋《ろうや》も――そうさ、なにもかもある国によ。」

「でも、そんなものは要りません」と、年老いたクマが言った。「われわれは自由でありたいのです。アスランご自身が話すのを聞かせてください。」

「ごちゃごちゃぬかしてるんじゃねえよ」と、サル。「そういうのは、おれは許せねえんだ。おれは人間だからな。おまえは、ただの太った、ばかな老いぼれのクマじゃねえか。おまえが、自由のなにを知ってるって言うんだ？　自分の好きなことができることだとでも思ってんだろ。そうじゃねえよ。そんなの、本当の自由じゃねえ。本当の自由ってのは、おれの言うとおりにするってことだ。」

「ふーうーうーん。」クマはぶつぶつ言いながら、頭をかいた。こうしたことは、むずかしくてわからなかったのだ。

「おねがいです、おねがいです」と、ふわふわした羊の高い声がした。とてもおさない羊だったので、声をあげたその勇気に、みんな、びっくりした。

「今度は、なんだ？」と、サル。「さっさと言え。」

「おねがいです」と、羊。「ぼくにはわからないんです。どうしてカロールメン人たちとつきあわなければならないんですか。ぼくらはアスランに従います。カロールメンの人は、タシュに従います。あの人たちには、タシュという神さまがいるんです。四つの腕を持っていて、ハゲタカの頭をしていると言います。祭壇で人間を殺すんです。ぼく、タシュなんてひと、いないと思います。でも、もしいたら、どうしてアスランが、そんなひととお友だちになれるんですか？」

　すべての動物たちが、首をかしげながら、明るい目をサルのほうにさっとむけた。まさにそれこそ、だれもが聞きたかった質問だとわかったからだ。

サルは、飛びあがって、羊につばを吐いた。

「赤んぼうめ！」サルは、わめき散らした。「ばかな、小さなメエメエ野郎！　ママのところへ行って乳でも飲んでろ。おまえに、なにがわかるってんだ？　だが、ほかのものは聞くがいい。タシュというのは、アスランの別の名前でしかないのだ。おれたちが正しくて、カロールメン人はまちがっているなんていう、むかしの考えかたは、ばかげている。今はもっとちゃんとしたことがわかるようになったんだ。カロールメン人はちがうことばを使うが、言ってることは同じだ。タシュもアスランも、例のあのひとのことを指すふたつのちがった名前でしかない。だから、そのふたつがけんかするなんてことは、ありえねえんだ。よく覚えとけ。ばかな獣ども。タシュはアスランで、アスランはタシュなんだ。」

みなさんは家で飼っている犬が、ときどきどんな悲しそうな顔をするかご存じだろう。それを思い出して、もの言う獣たちがどんな顔になったか考えてみてほしい。正直でおとなしい鳥たち、クマたち、アナグマたち、ウサギたち、モグラたち、ネズミたちは、みんなこまって、みなさんの犬よりも、ずっと悲しそうな顔をしたのだ。どのしっぽも、どのひげも、元気なくたれさがった。そんな動物たちの顔を見たら、きっと胸が張り裂ける思いをしたことだろう。少しも悲しそうでなかったのは、たった一匹しかいなかった。

それは、茶トラネコ（ジンジャー・キャット）だった。元気いっぱいのとても大きなオスのネコで、獣たちのいちばん前で、しっぽを爪先《つまさき》に巻きつけながら、シャキッと姿勢よく、すわっていた。それまで、ずっとサルとカロールメン人隊長を、一度もまばたきをせずに、じっと見つめていた。

「失礼ですが」と、ネコはとてもていねいに言った。「おもしろいことをおっしゃいますね。あなたのカロールメンのお友だちも、同じことをおっしゃいますか？」

「当然だ」と、カロールメン人は言った。「このかしこいサル、いや、人間の言うとおりである。アスランとは、要するに、タシュのことにほかならない。」

「とくに、アスランはタシュにすぎない、と言えるわけですね？」ネコは言い直した。

「まったくそのとおり」と、カロールメン人は、ネコの顔をまっすぐ見すえて言った。

「それで満足したか、茶トラ《ジンジャー》？」と、サルが言った。

「ええ、もちろん」と、茶トラネコは冷ややかに言った。「どうもありがとうございました。はっきりさせておきたかったものですから。ようやく呑《の》みこめてまいりました。」

　そのときまで、王とジュエルは、だまっていた。サルが話せと命じるまで口をはさんでもむだだと思って、待っていたのだ。しかし今、ティリアンは、ナルニア人のあわれな顔を見まわして、みんながアスランとタシュが同じなのだと信じたとわかると、もはやだまっていられなくなった。

「サルよ」と、王は大声で叫んだ。「なんといううそをつくのだ。おまえはカロールメン人のように、ひどいうそをつく。さすがサルだな、ずるがしこい。」

王は、ひとびとの血を食らう恐ろしい神タシュが、ナルニアを救うために血を流した善良なライオンと同じわけがあるものかと言おうとしていた。そのまま口をきくことが許されていれば、サルの支配は、その日で終わっていたかもしれない。獣たちは真実を知り、サルが倒されていたかもしれない。けれども、王がさらに一言も言わぬうちに、ふたりのカロールメン人が王の口を思いっきりなぐりつけ、三人めが背後から王の足を蹴っ飛ばした。王が地面に倒れると、サルは怒りまくって、キーキー声で言った。

「こいつを連れていけ。連れていけ。こいつの言うことが聞こえないところに、おれたちの声が聞こえないところに連れていけ。そこで木にしばりつけろ。こいつには、あとで正義のさばきを下す——つまり、アスランが下されるであろう。」

第四章

その夜、起こったこと

王は倒されて頭がくらくらしていたので、カロールメン人たちが両手首をしばっていた縄をほどいて両腕をわきにつけ、背中をトネリコの木に押しつけるまで、なにが起こっているのかよくわからなかった。それから、くるぶしと、ひざと、腰と、胸を縄で木にしばりつけられると、そこにひとり、とり残された。そのときいちばん気になったのは——というのも、そういうときにいちばんつらいのは、ごく小さなことだったりするのだが——なぐられたくちびるが切れて、血がたらたらたれていたのに、それをふくこともできないことだった。

王がいるところから、まだ丘のてっぺんの小さな馬小屋が見えた。その前にサルがすわっている。サルがまだなにか言っているのが聞こえ、ときどき群衆が答えていたが、なにを言っているのかはわからなかった。

「ジュエルは、どうなってしまったんだろうか」と、王は考えた。

やがて、獣の群れがちりぢりになって、あちこちへ去っていった。ティリアンの近くを通りすぎるものもあった。王がしばられているのを見て、おびえて気の毒そうなようすをするものもいたが、だれもなにも言わなかった。やがて、みんないなくなり、森はしんと静まり返った。それから、何時間もたつうちに、ティリアンはとてものどが渇き、やがてひどくおなかがすいてきた。午後がすぎ、夕方になると、寒くなってきた。背中がかなり痛んだ。陽が沈んで、あたりは暗くなった。

ほとんどまっ暗になると、パタパタという軽い足音が聞こえてきた。小さな生き物たちがこちらへやってくる。左側にいる三匹はネズミで、まんなかにウサギが一匹いて、右側にはモグラが二匹いた。モグラは二匹とも、小さな袋を背中にかついでいて、暗闇では、それが妙なかたちに見えたので、へんな生き物かと王は最初、思った。それから動物たちは、サッとうしろ足で立ちあがり、冷たい前足を王のひざに置いて、においをかぐような動物のキスを王のひざにした。(ナルニアのもの言う獣たちは、イングランドにいる同じ種類のもの言わない獣よりも大きいので、王のひざに手が届いたのだ。)

「王さま、愛《いと》しい王さま」と、動物たちの甲高い声がした。「お気の毒に思います。アスランに怒られるかもしれないので、縄をほどくことができません。でも、お食事をお持ちしました。」

すぐに最初のネズミが、するすると、すばしこくのぼってきて、ティリアンの胸をしばっている縄に乗って、ティリアンの顔のまん前で、そのずんぐりとした鼻にしわを寄せた。それから二匹めのネズミがのぼってきて、最初のネズミのすぐ下にしがみついた。ほかの獣たちは、地面に立って、食事を手わたしはじめた。

「どうぞ飲んでください、陛下。そしたら、ものが食べられるようになるでしょう。」

いちばん上にいたネズミがそう言うと、小さな木のコップが、くちびるに押し当てられた。卵の殻ほどの小さなコップで、なかに入ったワインを飲みほしても、あまり味がしなかった。けれども、それからネズミはそれを下へおろし、ほかの動物たちがまたいっぱいにして、上に手わたして、ティリアンは二杯めを飲みほした。このようにして、王は、すっかり満足するまで飲むことができた。それに、一気にごくごく飲むより少しずつ飲むほうが、渇きをいやすことができたので、好都合だった。

「こちらにチーズがございます、陛下」と、最初のネズミが言った。「あまりたくさんはございません。また、のどが渇いてしまうと、いけないので。」チーズのあとで、新鮮なバターつきのオートケーキを食べさせてもらい、またワインを少し飲ませてもらった。

「さあ、水をわたしてくれ」と、最初のネズミが言った。「王さまのお顔を洗ってさしあげよう。血がついてる。」

それからティリアンは、小さなスポンジのようなもので顔をポンポンとたたかれるのを感じた。とてもすがすがしい気分になった。

「小さな友だちよ」と、ティリアンは言った。「どうやってお礼をしたらよいものやら。」

「お礼は、要りません、要りません」と、小さな声たちは言った。

「こんなことくらいしか、できないのです。ぼくらにほかの王さまは要りません。ぼくらは、陛下の家臣です。もし陛下の敵が、あのサルとカロールメン人だけであれば、ぼくらは切り刻まれるまで戦って、陛下をお救いしたことでしょう。本当です。本当に戦ったはずです。でも、アスランが相手では、できません。」

「本当にアスランだと思うか」と、王が言った。

「はい、それはもう」と、ウサギが言った。「ゆうべ、あの小屋から出てきました。ぼくら、みんな、見たんです。」

「どんなふうだった？」と、王はたずねた。

「恐ろしい大きなライオンのようでした、たしかに」と、ネズミが言った。

「木々の精霊を殺し、きみたちみんなをカロールメン人の王の奴隷としているのが、本当にアスランだと思うのかね。」

「まあ、ひどいですよね」と、二匹めのネズミが言った。「こんなことになる前に、みんな死んだほうがましでした。でも、まちがいありません。だれもがアスランの命令だと言っています。それに、ぼくら、見たんです。アスランがあんなふうだとは思ってもみませんでした。だって、ぼくらは——ぼくらは、アスランにナルニアに帰ってきてほしかったんですから。」

「今度は、とても怒って、もどっていらしたようです」と、最初のネズミが言った。

「ぼくらは、そうと気づかないうちに、ひどいことをしてしまったにちがいありません。なにかの罰を受けているんです。でも、それがなんだか教えてもらえたらいいんですが！」

「きっと、私たちが今していることがいけないことなんだと思う」と、ウサギが言った。

「そうだとしても、かまうものか」と、モグラが言った。「何度でも、やってやるさ。」

しかし、ほかのものたちは「し、静かに」とか「気をつけて」とか言い合い、それから、みんなで言った。

「ごめんなさい、王さま。もう、もどらなければなりません。ここでつかまるわけには、いかないんです。」

「すぐに行ってくれたまえ、みんな」と、ティリアン王。「ナルニアと引きかえにしても、きみたちのだれひとり、危険にさらしたくはない。」

「おやすみなさい、おやすみなさい。」獣たちは、その鼻を王のひざにすりつけた。

「またもどってまいります、もし、できれば。」そう言うと、みんなパタパタと走りさり、森は動物たちが来る前よりも、さらに暗く、冷たく、さびしくなったように感じられた。

星がまたたきはじめ、時間はゆっくりとすぎていった。ナルニアの最後の王が木にきつくしばりつけられているあいだ、なんてのろのろと時間がすぎていったことか想像してみてほしい。王は体のあちこちが痛むのに身動きもできなかった。けれども、ついに、なにかが起こった。

遠くのほうに、赤い光がぽつりと見えた。しばらく消えたかと思ったら、またついて、大きく明るい光になった。光の手前を、いくつもの黒い影が行ったり来たりして、なにかの束を運んできては、それを投げおろしている。それがなにか、だんだんわかってきた。それは、今ついたばかりのかがり火だった。そこにたきぎの束が投げこまれているのだ。やがて、かがり火はめらめらと燃えあがり、火が丘のてっぺんにあることがわかった。火のすぐうしろにある馬小屋も、赤い光に照らしだされて、はっきりと見える。その火と王とのあいだには、たくさんの獣や人間たちがむらがっていた。火のすぐそばで背中を丸めている小さな影は、例のサルにちがいない。なにやら群衆にむかって言っているが、聞きとれない。それから、その影は、小屋の戸の前で、地面にむかって三度おじぎをした。そして立ちあがり、戸をあけた。四本足のなにかが小屋から出てきて、かなりぎくしゃくと歩いて、群衆に面とむかって立った。

大きなどよめきと、ざわめきが、わきあがった。あまりにも大きかったので、そのいくつかのことばがティリアンにも聞きとれた。

「アスラン！　アスラン！　アスラン！」と、獣たちは叫んでいる。「話しかけてください。なぐさめてください。もう、お怒りにならないでください。」

ティリアンがいるところからは、それがなんなのか、よく見えなかったが、黄色い毛が生えた動物であることはわかった。ティリアンは、あの偉大なライオンを見たことがなかった。ふつうのライオンさえ、見たことがなかったのだ。王には、それが本物のアスランでないとは言い切れなかった。アスランがあんなふうにぎこちなく立って、なにも言わないのは意外だった。しかし、アスランかどうか、どうやったらたしかめられるだろうか。ほんのしばらく、恐ろしい考えが心をよぎった。それから、タシュとアスランが同じものであるというばかげた考えを思い出し、そんなことは、すべていんちきにちがいないと思った。

サルが、その黄色いものがささやくことばに耳をかたむけるかのように、その頭に耳を寄せた。それから、群衆のほうにむきなおって話しかけると、群衆はまた泣き叫んだ。すると、黄色いものは、ぎくしゃくとむきを変えて小屋のなかへと歩きさり――ほとんど、よたよた歩きと言ってもよかった――そして、サルが戸を閉めたのだった。そのあと、かがり火が消されたにちがいない。光が急に消えた。ティリアンは、ふたたび寒さと暗闇のなかに、ひとりぼっちで、とり残された。

ティリアンは、むかしのナルニアの歴代の王たちのことを思い、自分ほど不幸な王はいないと思った。自分の曾祖《そうそ》父《ふ》の曾祖父であるリリアン王は、まだ若い王子のときに魔女に誘拐され、北方の巨人たちの国の地下にある暗い洞穴で何年も囚《とら》われの身となった。けれども、最後には大団円となったのだ。というのも、不思議なふたりの子どもが世界の果てより遠い国から突然現れて、王子を助けてくれたために、王子はナルニアにもどって、長く繁栄した治世をつづけられたのだから。

「私はそうではない」と、ティリアンは思った。それから、さらにむかしを思い起こした。リリアンの父、航海王カスピアンは、悪い叔父《おじ》のミラーズ王に殺されかかって森へ逃げこみ、こびとたちといっしょに暮らしたのだった。しかし、その話も結局は大団円を迎えた。カスピアンもまた、子どもたち——このときは四人だった——に助け出されたのだから。四人の子どもたちがはるか彼方からやってきて、戦ですばらしい勝利をおさめ、カスピアンをその父のものだった玉座につけてあげたのだ。

「だが、それも、すっかりむかしのことだ。そんなことは、今では起こりっこない」と、ティリアンは思った。それから、王は（子どものとき、歴史が得意だったので）こんなことも思い出した。カスピアンを助けたその四人の子どもたちは、さらに一千年以上前にナルニアにやってきて、なによりもすばらしいことをしたのだった。すなわち、恐ろしい白の魔女を打ち負かし、百年におよぶ冬を終わらせ、ケア・パラベルで、もはや子どもではなくりっぱな王とすてきな女王になるまで（四人いっしょに）統治をおこない、ナルニアの黄金時代を築いたのだった。その話には、アスランが何度も登場した。そういえば、ほかの話にもアスランは現れていたなあと、ティリアンは思い出した。

「アスラン――そして、別世界からの子どもたち。いつも危機一髪というときに、やってきてくれた。ああ、今、来てくれたらなあ。」

　そして、王は、呼びかけた。

「アスラン！　アスラン！　アスラン！　どうぞ、今、われらを助けに来てください。」

　けれども、暗闇と寒さと静けさは、なにも変わらなかった。

「私は殺されてもいい」と、王は叫んだ。「自分はどうなってもかまわないから、どうかナルニアを助けに来てください。」

　それでも、夜も森も、なにも変わらなかったが、ティリアンの心のなかで少しずつ変化が起こりはじめた。どうしてだかわからないまま、かすかな希望を感じはじめたのだ。さっきより、自分が強くなった気がした。

「ああ、アスラン、アスラン」と、王はささやいた。「ご自身でいらっしゃらずとも、少なくとも、この世の彼方から助けを寄越《よこ》してください。さもなければ、私に呼びかけさせてください。私の声を、別の世界へ届けてください。」

それから、自分がそうしているとも気づかないうちに、大きな声でこう呼びかけた。

「子どもたち、子どもたち！　ナルニアの友よ！　急いでくれ。ここに来てくれ。世界を越えて私は呼びかける。私、ナルニアの王ティリアンが、ケア・パラベルの領主が、ローン諸島の皇帝が呼びかけるのだ！」

すると突然、王は、夢のなかへ飛びこんだ（それが夢であるならば）。それは、これまで見たどんな夢よりも、はっきりとしていた。

王は、明るい部屋のなかに立っていて、テーブルのまわりに七人の人がすわっていた。どうやら食事を終えたところのようだ。ふたりはとても年をとっていて、白ひげのおじいさんと、かしこそうで陽気な目をきらきらさせたおばあさんだ。おじいさんの右にいる男の人は、まだ大人ではなく、ティリアンよりずっと年下だったが、その顔には王らしいようすがあり、戦士に見えた。おばあさんの右にすわっている若者についても、ほとんど同じことが言えそうだ。ティリアンの正面、テーブルのむこうには、そのどちらよりも若い、金髪の少女がすわっていて、その両側に、もっと若い男の子と女の子がすわっていた。みんな、ティリアンにはひどく奇妙に見える服を着ていた。

けれども、そうした細かなことを考えているひまはなかった。というのも、またたくまに、そのいちばん若い男の子とふたりの女の子が立ちあがり、ひとりが小さく「きゃっ」と叫んだからだ。おばあさんは目を見張り、はっと息を呑んだ。おじいさんもふいに動いたのだろう。右手がぶつかったらしく、ワイングラスがテーブルから払い落とされた。それが床でこなごなに割れるガチャンという音が聞こえた。

この人たちには私が見えているのだ、と、ティリアンは気がついた。まるで精霊でも見るかのように、こちらを見つめている。けれども、おじいさんの右にすわっていた王のような人は（青ざめた顔をしながらも）身動きすることなく、右手をぎゅっと強くにぎりしめて、こう言った。

「話すがよい。もし、そなたが精霊でも夢でもないのなら。そなたは、ナルニア人のように見える。われわれ七人は、ナルニアの味方だ。」

ティリアンは、話したくてたまらなかったので、自分がナルニアのティリアン王であり、助けが必要なのだ、と大声で叫ぼうとした。しかし、（夢のなかでは、そうしたことがよくあるが）声が出なかった。

ティリアンに話しかけた人は、立ちあがっていた。

「影か精霊か、何者であれ」と、その人は、ティリアンをしっかと見すえて、言った。「ナルニアから来たのであれば、アスランの名にかけて命じる。私に話しなさい。私は英雄王ピーターだ。」

部屋が、ティリアンの目の前で流れはじめ、七人の人々がいっせいに話す声が聞こえ、「見ろ！　消えていく！」「とけていくわ」「消えるぞ」といったような声が、どんどんかすかになった。つぎの瞬間、ティリアンは、はっと目を覚ました。あいかわらず木にしばりつけられ、あいかわらず体が冷たく、かたいままだった。森には、日の出前の、まぶしい白い光がうっすらと満ちていた。体は露でびしょぬれだった。もうすぐ朝なのだ。

この目覚めは、ティリアンにとって、人生で最悪の瞬間だった。

第五章

王に助っ人

けれども、そのみじめさは、長くつづかなかった。ほとんどすぐに、ドシンという音がして、それからまたドシンという音がして、ふたりの子どもたちがティリアン王の前に立っていたのだ。

目の前の森には、ついさっきまでだれもいなかったし、王がしばりつけられている木のうしろからやってきたとすれば、その音が聞こえたはずだから、うしろから来たのでもない。実のところ、ふたりは、どこからともなく現れたのだった。王はちらりと見て、夢のなかの人と同じ、奇妙で、さえない服を着ていると思った。もう一度よく見ると、あの七人のうちのいちばん年下の少年と少女だった。

「うわあ！」と、男の子が言った。「びっくりだなあ！　ぼくはてっきり――」

「急いで、縄をほどいてあげましょ」と、女の子が言った。「話はあとよ。」

それから、女の子はティリアンにむき直って、こう言った。

「遅くなってしまって、ごめんなさい。これでも、せいいっぱい急いで来たんです。」

女の子がそう話しているあいだに、男の子はポケットからナイフを取り出して、王の縄をさっと切った。あまりにもさっと切ったため、体がかたくなっていた王は、最後の縄が切られると、前へ倒れて、両手両ひざをついてしまった。脚に血の気がもどってくるまでよくさすらないと、立ちあがれなかった。

「ねえ」と、女の子が言った。「あたしたちが夕食をいただいていた夜に出てきたのは、あなたじゃありませんか？　一週間ほど前。」

「一週間ですと？　乙女よ」と、ティリアンは言った。「夢のなかで、私がそなたらの世界へ行ったのは、つい十分ほど前のことだが。」

「よくある時間のごちゃごちゃだね、ポウルさん」と、男の子は言った。

「そうだった」と、ティリアン。「それも、むかしの話に出てくることだった。あなたがたの不思議の国の時は、われわれの時の流れとちがっているのだった。しかし、時といえば、ここは、もう立ちさる時だ。敵がすぐ近くにいるからね。私といっしょに来てくれるかね？」

「もちろんです」と、女の子は言った。「あなたを助けに来たんですもの。」

ティリアンは立ちあがって、ふたりを連れて、馬小屋の南のほうへ急いで丘をおりていった。行き先は決めていたのだが、なにはともあれ、足あとのつかない岩場へ出て、それから川をわたって、においを消そうとしていた。そのせいで、一時間あまり岩場をのぼったり浅瀬をわたったりすることになり、そのあいだは息つくひまもなく、だれも口をきかなかった。それでもティリアンは、ふたりの子どもたちをちらちらと横目で見ていた。別世界からやってきた人たちといっしょに歩いていると思うと、少し頭がくらくらする思いだった。けれども、おかげで、むかしの物語が、これまで以上に本当だと思えるようになった。こうなると、もうなにが起こるかわからない。

「さあ」と、小さな谷へくだっていく若いカバノキの林道の入り口までやってきたとき、ティリアンは言った。「これでしばらくは、あの悪者たちから逃れて少しおちついて歩くことができる。」

　ちょうど陽がのぼったところで、どの枝にも朝露のしずくがきらめいて、鳥が歌っていた。

「なんかつまみませんか。つまり、陛下が、ということです。ぼくらふたりは、朝ごはんを食べてきましたから」と、男の子が言った。

　ティリアンは、「つまむ」とは、いったいどういうことだろうと、いぶかしく思ったが、男の子が、肩からかけていた、ふくらんだかばんをあけて、かなり脂っぽい、つぶれた包みを取り出すと、理解した。王は、そのときまで考えもしなかったが、実は、ひどくおなかがすいていたのだった。ゆで卵のサンドイッチがふたつに、チーズサンドイッチがふたつ、それから、なにかのペーストが入ったサンドイッチがふたつあった。ナルニアでは、ペーストなんて、だれも食べたことがなかったので、これほどおなかがすいていなければ、きっと食べようとは思わなかっただろう。王がサンドイッチを六つとも食べ終わったとき、みんなは谷の底までやってきていた。コケの生えた崖《がけ》から、小さなわき水が出ている。三人とも立ち止まって水を飲み、ほてった顔に水をパシャパシャとかけた。

　女の子は、ぬれた黒髪を前からさっとうしろにかきあげると、こう言った。

「さあ、あなたがだれなのか、どうしてしばられていたのか、いったいなにがあったのか、教えてくださいませんか。」

「よろこんでお話ししましょう、姫君」と、ティリアンは言った。「しかし、歩きつづけなければなりませんよ。」

　歩きながら、王は自分がだれで、これまで起こったことはどんなことかを話した。

「そして今、」と、王は最後に言った。「私は、ある塔へ行こうとしています。街灯の跡地を、かつてそこに住んでいた危険な無法者たちから守るために、私の祖父の時代に建てられた三つの塔のうちのひとつです。アスランのよき意思のおかげで、私は鍵《かぎ》をうばわれずに持っています。その塔には、武器や鎖帷子《くさりかたびら》や、いくらかの食糧もたくわえてあります。と言っても、乾燥ビスケットぐらいしかありませんが。そこに安全にかくれ、計画を練ることもできます。さあ、どうぞ、今度は、あなたがたふたりが何者であるのか、あなたがたのお話をしてください。」

「ぼくはユースタス・スクラブで、こちらはジル・ポウルです」と、少年が言った。

「ぼくらは、かつて、ここに来たことがあるんです。ずっとずっとむかし、ぼくらの時間では一年以上前に。リリアン王子っていう人がいて、地下に閉じこめられていて、沼むっつりが足を――」

「なんと！」ティリアン王は叫んだ。「では、あなたたちが、リリアン王をその長い魔法から救い出したあのユースタスとあのジルなんですね。」

「ええ、あたしたちです」と、ジルは言った。「じゃあ、リリアンは、今じゃ、王さまなのね。もちろんそのはずよね。忘れてたわ、あたし――」

「いいえ」と、ティリアン。「私は、リリアン王から七代めの王なのです。リリアン王は二百年以上前に亡くなられています。」

ジルは、顔をしかめた。

「やだ！　ナルニアにもどってくると、これだから嫌になっちゃうわ。」

しかし、ユースタスは、つづけた。

「これで、ぼくたちのことがおわかりになりましたね、陛下。それは、こんなふうだったんです。教授とポリーおばさんが、ぼくらナルニアの友だちをみんないっしょにして――」

「その人たちの名前を私は知りませんよ、ユースタス」と、ティリアン。

「最初にナルニアにやってきたふたりのことです。あらゆる動物たちが話せるようになったその日に。」

「ライオンのたてがみにかけて」と、ティリアンは叫んだ。「そのおふたりですか！ ディゴリー卿《きょう》と貴婦人ポリーのことですね！ 世界のあけぼのからいらした方々だ！ まだ、あなたがたの世界では、生きていらっしゃるんですね？ なんというおどろくべき、すばらしいことだ！ だが、話してください、どうか話して。」

「ほんとは、ぼくらのおばさんじゃないんですよ」と、ユースタス。「ミス・プラマーが本名なんだけど、ぼくらは、ポリーおばさんって呼んでるんです。とにかく、そのふたりが、ぼくらみんなをいっしょにしたんです。いっしょにいれば、ナルニアについて、いろいろ楽しく話せますからね。（だって、もちろん、こんなことをほかの人には話せませんから。）だけど、それだけじゃなくて、教授が、ぼくらがたぶんナルニアで求められているんじゃないかって気がしたからなんです。そしたら、あなたがおばけみたいに、って言うか、なんだかよくわかんないけど、出てきたから、ぼくら、もうびっくりしちゃって。それで、一言も言わずに消えちゃったでしょ。あのあと、ぼくらは、なにかがあるぞって確信したんです。つぎの問題は、どうやってここに来るかということでした。来たいからって、来られないんです。そこで、ぼくらは、いろいろ話しあって、とうとう教授が、例の魔法の指輪で行くしかないだろうとおっしゃいました。ぼくら子どもが生まれる何十年も前、教授とポリーおばさんが、まだ子どもだったずっとむかしにここに来たのは、あの指輪のせいだったんです。ところが、指輪はロンドンの家の庭に、ぜんぶうめられてしまっていました。（ロンドンというのは、ぼくらの住んでる大きな街です、陛下。）しかも、その家は売られてしまっていました。ですから、問題は、どうやってそれを手に入れるかでした。結局、ぼくらがどうしたのか決しておわかりにならないでしょう！　ピーター——それは、あなたに話しかけたあの英雄王ピーターのことですが——とエドマンドが、ロンドンまで行って、まだだれも起きていない早朝に、裏から庭にしのびこんだんです。見つかっても、下水のことで入ったふりができるように、作業員の恰好《かっこう》をしていました。ぼくもいっしょに行きたかったなあ。ものすごくおもしろかったと思うんです。で、うまくいったらしくて、あくる日に、ピーターから電報——というのは一種の伝言です、陛下、その説明は、また今度します——とにかく電報がきて、指輪を手に入れたとありました。そのつぎの日は、ポウルさんとぼくが学校にもどらなくてはならない日でした。ぼくらふたりだけが、まだ学校に通っていて、同じ学校だったんです。そこで、ピーターとエドマンドは、ぼくらが学校に行くとちゅうのある場所で、ぼくらと会って、指輪をわたしてくれることになりました。だって、ナルニアに行くのは、ぼくらふたりじゃなきゃいけなかったんです。大きくなると、ナルニアには行けなくなりますから。だから、ぼくらは汽車に乗って――汽車っていうのは、移動するときに乗る乗り物で、たくさんの車両がくっついてるんです――で、教授とポリーおばさんとルーシーもいっしょでした。できるだけ、いっしょにいたかったんです。というわけで、みんな、汽車に乗っていたんです。ピーターたちが迎えに来てくれる駅に汽車が着こうとするところで、ぼくは、ふたりが見えるかなあと窓から外をながめていました。すると、急にすごい音がして、こわいほどに揺れたんです。そしたら、ぼくらはナルニアにいて、陛下があの木にしばりつけられていたというわけです。」

「では、指輪は使わなかったのかね？」と、ティリアン。

「はい」と、ユースタス。「見たことすらないです。アスランが、指輪なしに、アスランのやりかたで、ぼくらをナルニアに連れてきてくれたんです。」

「だが、英雄王ピーターは、指輪を持っているんだね」と、ティリアン。

「そうです」と、ジル。「でも、使えないと思います。ペベンシーきょうだいのほかのふたり――エドマンド王とルーシー女王――が前にナルニアにいたとき、アスランは、ふたりは二度とナルニアにもどってくることはないと、おっしゃったんです。そして、もっとむかしに、同じようなことを英雄王にもおっしゃいました。もし、もどってきてもいいなら、すぐに飛んでいらっしゃっていたことと思います。」

「うわ！」と、ユースタス。「ひなたがすごく暑くなってきた。もうそろそろ着きますか。陛下。」

「ごらん」と、ティリアンは指さした。それほど遠くない木々のこずえの上に、灰色の城の胸壁がそびえていた。さらに一分ほど歩くと、ひらけた草原に出た。小川が流れていて、小川の遠くのほうに、幅のせまい窓がほんの少しついた、背の低い四角い塔が建っている。正面の壁に重そうな戸がひとつあった。

ティリアンは、敵がいないかどうか左右をするどい目で見てから、塔まで歩いていき、それからしばらく立ち止まって、首からかけて狩猟服の下に入れていた細い銀の鎖をまさぐって、鍵の束を取り出した。すてきな鍵の束で、金の鍵がふたつあり、豪華な飾りのついているものもたくさんあった。宮殿の秘密の部屋や、王室の宝物をしまってあるたんすや、香木でできた宝箱などの鍵であることは、すぐにわかった。けれども、王が戸の鍵穴にさしこんだ鍵は、飾り気のない大きなもので、ごつい作りだった。鍵はかたく、一瞬ティリアンは鍵をまわせないかと心配になったが、ついに鍵がまわり、戸がギーと暗い音をたてて開いた。

「ようこそ、みなさん」と、ティリアン。「ナルニアの王が客人を迎える宮殿として、残念ながら今はこれがせいいっぱいなのだ」

ティリアンは、ふたりの子どもたちがとても行儀がよいとわかって、よろこんだ。

ふたりとも「どういたしまして」と言って、「とてもすてきな宮殿だ」と言ってくれたのだ。

実際のところ、あまりすてきではなかった。かなり暗いし、じめじめしたにおいがした。部屋はひとつしかなく、その天井は石の屋根だった。片すみにある木の階段の先にあげぶたがあって、それをあけると胸壁へのぼれる。粗末な寝棚がいくつかあって、物入れや荷物がたくさんあった。もう何年も火を燃やしたことのなさそうな暖炉もあった。

「外へ出て、まず、まきを集めたほうがよくないかしら」と、ジルが言った。

「今はまだ、しないほうがいい」と、ティリアンは言った。武装していないところをつかまったらいけないと考えたからだ。そして、物入れのなかを探しはじめた。一年に一度これらの塔の点検を注意深くおこなっていたため、必要なものはすべてそろっているはずだと、幸いにも思い出したのだ。弓の弦は油を塗った絹に包んであったし、剣や、槍《やり》も、さびないように油が塗ってあった。鎧兜《よろいかぶと》も包みをあけると、ピカピカになっていた。もっといいものもあった。

「ごらんなさい！」と、ティリアンは、不思議な模様のついた長い鎖帷子《くさりかたびら》を取り出すと、子どもたちの目の前でそれをふってみせた。

「おもしろい鎖帷子ですね、陛下」と、ユースタス。

「そうだ」とティリアン。「これは、ナルニアのこびとが作ったのではない。カロールメンの風変わりな鎖帷子だ。私は、こうしたものをいくつかすぐに使えるようにしてある。私や味方がいつこっそりとティズロック王の国を歩かねばならぬかわからないからね。そして、この石の瓶《かめ》を見たまえ。このなかには、手や顔にこすりつけると、カロールメン人のように黒くなる汁が入っている。」

「うわあ、すごいわ！」と、ジル。「変装ね。あたし、変装大好き。」

ティリアンは、手のひらにほんの少し汁をたらして、それを顔や首にこすりつけ、肩までのばし、それから手やひじまでのばすやりかたを教えた。自分自身にもそうした。

「これがかたまると、水で洗っても落ちないのだ。油と灰を使わなければ、また白いナルニア人にもどることはない。さあ、ジルさん、この鎖帷子があなたに似合うかどうか見てみましょう。少し長すぎるが、心配していたほどではなさそうだ。これは、カロールメン人の貴族のお付きの者の鎖帷子だったと思われるものです。」

鎖帷子のつぎには、小さな丸いカロールメン人の兜を着けた。てっぺんにとがった角がついていて、頭にぴったりはまった。それからティリアンが、物入れから、なにか長く巻かれた白いものを取り出して、兜の上にぐるぐる巻きつけると、それはターバンとなった。まんなかから小さな鋼の角がつき出している。王とユースタスは、曲がったカロールメン人の刀をにぎり、小さな丸い盾を手にした。ジルにちょうどいい刀はなかったが、王は、長くてまっすぐな狩猟用のナイフをジルにわたした。いざとなれば、剣の代わりになりそうだ。

「弓矢は使えるのですか、乙女よ？」と、ティリアンはたずねた。

「使えるとは言えません。」ジルは、顔を赤らめた。「スクラブくんは、じょうずです。」

「そんなこと、ありませんよ、陛下」と、ユースタス。「ぼくら、こないだナルニアからもどってからというもの、ずっと休日には練習をしてきたんです。ポウルさんは、今ではぼくと同じぐらいの腕前になりました。と言っても、どちらも下手ですけれど。」

そこで、ティリアンは、ジルに弓と矢がたくさん入った矢筒を与えた。つぎにすべきことは火をおこすことだった。というのも、塔のなかは、室内というより洞穴のような感じがして、みんな寒くてふるえていたからだ。けれども、まきを集めているうちに体が温まり――太陽は、もういちばん高いところにかかっていた――そして、いったん暖炉の火が燃え、煙突に煙があがると、部屋は楽しくなった。とはいえ、昼食はつまらないもので、物入れにあったかたいビスケットをくだいて湯のなかにパラパラ入れて、おかゆにするぐらいしかできなかった。もちろん飲み物は水しかなかった。

「お茶っ葉を持ってくればよかったわね」と、ジルが言った。

「あるいはココアの缶とかね」と、ユースタス。

「塔のそれぞれに、おいしいワインを入れた小さな樽《たる》を置いておくべきだった」と、ティリアンが言った。

第六章

ひと晩でなかなかの仕事

約四時間後、ティリアン王は少し眠るために、寝棚に身をどしんと横たえた。ふたりの子どもたちは、すでにいびきをかいていた。夜、交代で見張りをすべく、まだおさない子どもたちを眠らせようと思って、先に寝るように命じたのだ。それに、王がさせたことで、子どもたちは疲れ果てていた。まず、ジルに弓術の稽古《けいこ》をつけたところ、ナルニア人ほどではないにしても、なかなか筋がいいことがわかった。実際のところ、ジルは、ウサギを射ることに成功したのだ。（もちろん、もの言うウサギではない。ナルニアの西部には、ふつうのウサギがたくさんいるのだ。）しとめた獲物は、すでに皮をはぎ、内臓をきれいにして、つりさげられた。王は、子どもたちがこうした嫌な、くさい作業もできることを知った。子どもたちは、リリアン王子の時代に巨人の国を旅していたころ、こうしたことを覚えたのだった。それから王は、ユースタスに刀と盾の使いかたを教えようとした。ユースタスは、最初の冒険のときに剣の使いかたをかなり学んだが、それはまっすぐなナルニアの剣を使う術だった。曲がったカロールメンの三日月刀は使ったことがなく、刀のふるいかたもまったくちがっているため、長い剣で覚えたやりかたを一度忘れなければならず、なかなかたいへんだった。しかし、ユースタスはとても目がよく、足が機敏に動くことがわかった。ふたりの子どもたちの力に、ティリアンはおどろいていた。実際のところ、数時間前にはじめて出会ったときよりも、ふたりはもうすでに強く大きく、大人のように成長したかに思えた。これはナルニアの空気のせいであり、別世界から来た人によく起こることなのだ。

三人は、まずなによりも、馬小屋のある丘へもどって、ユニコーンのジュエルを助けようという点で意見が一致した。うまくいけば、そのあと東へ逃れて、ケンタウロスのルーンウィットがケア・パラベルから率いてくる小さな軍隊と合流できる。

ティリアンのように経験のある武将や狩人《かりゅうど》であれば、いつでも起きようと思う時間に起きられるものだ。そこで、夜の九時に起きることにして、あらゆる心配事をさらりと忘れてただちに眠った。目が覚めたのは一分後のように思えたが、光の具合とあたりのようすから、きっかり九時まで眠ったとわかった。起きあがると、ティリアンは兜とターバンを頭につけ（鎖帷子だけで眠っていたのだ）、子どもたちをゆすって起こした。寝棚からおりてきた子どもたちは、かなりぼうっとしていて、あくびをたくさんしていた。

「さあ」と、ティリアンは言った。「ここから北へむかう。幸いなことに、今宵《こよい》は星が出ている。今朝は遠まわりをしたが、これからはまっすぐ進むから、ずっと早く着くはずだ。もし敵に会ったら、きみたちふたりはだまっていてくれ。私がえらそうなカロールメン人の貴族のふりをして乱暴で残酷な口をきいてみせる。私が刀を抜いたら、ユースタス、きみも同じようにして、ジルを背後にかくまうんだ。ジルは、矢を弓につがえてくれ。もし私が『退け』と叫んだら、この塔へ逃げこめ。そして、いったん私が退却の合図を出したら、決して戦いつづけようとしてはいけない。一度たりとて、刀をふるってはいけない。空勇気のせいで、りっぱな戦略が失敗した例は多々ある。さあ、諸君、アスランの名にかけて前進だ。」

三人は、冷たい夜のなかへ進んでいった。大きな北国の星々が、こずえの上でまたたいていた。この世界の北極星は、《槍《やり》の先》と呼ばれていた。私たちの北極星よりもずっと明るい。

しばらくのあいだ、《槍の先》にむかって直進していたが、やがて深いしげみにぶつかったので、それをよけなければならなかった。それから――まだ枝にかこまれた状態だったので――方角がわからなくなった。正しい方角を見つけたのは、ジルだった。ジルは、イングランドではガールスカウトのりっぱな団員だったのだ。北方の荒野を大いに旅した経験があるジルは、ナルニアの星々のことももちろんよく覚えていて、《槍の先》が見えないときでも、ほかの星々から方角を割り出せたのだ。ティリアンは、ジルが三人のなかでいちばん道案内がじょうずだとわかると、ジルを先頭に立たせた。そして、ジルがとても静かに、ほとんどそこにいないかのように道を案内したので、とてもおどろいた。

「たてがみにかけて」と、王はユースタスにささやいた。「まるで森の妖精《ようせい》だな。かりにジルがドリュアスの血を受け継いでいたとしても、これほどじょうずに道案内はできぬだろう。」

「体が小さいから、うまくいくんです。」ユースタスがささやき返した。しかし、前にいたジルは、「しぃー、静かに」と言った。

あたりの森はとても静かだった。実のところ、静かすぎるほどだった。ふつうのナルニアの夜だったら、なにか音がするはずだ。ハリネズミがときどき陽気におやすみと言ったり、上のほうでフクロウが鳴いたり、場合によっては、遠くからフォーンたちの踊りを告げる笛の音や、地下のこびとたちの金槌《かなづち》のトンテンカンテンという音が聞こえてくるものだ。それが少しもしないのだ。暗い恐怖がナルニアを支配していた。

しばらくして、三人は、急なのぼり坂へさしかかった。木々は、ずいぶんまばらになった。ティリアンは、見なれた丘の上に馬小屋があるのを、ぼんやりと見てとった。ジルはいっそう注意して先へ進んでいき、「同じようにして、ついてきて」と、手で何度も合図をしている。それから、ピタリと止まると、ジルがゆっくりと草のなかに沈んでいき、音もなく消えてしまうのをティリアンは見た。一瞬後、ジルはまた立ちあがって、ティリアンの耳もとに口を近づけると、できるかぎり小さな声で「伏せて。よく見てくだちゃい」と言った。「ください」ではなく「くだちゃい」と言ったのは、舌がもつれたからではなく、「さしすせそ」の音は、ささやいても遠くまで聞こえてしまう音だと知っていたからだ。ティリアンは、すぐに伏せたが、ジルほどじょうずに音をたてずに伏せられなかった。ティリアンのほうが大きくて体が重かったからだ。腹ばいになってみると、そこから、丘のはしが夜空を背景にくっきりと見えた。ふたつの黒いものがあった。ひとつは馬小屋で、もうひとつは馬小屋のすぐ前にいるカロールメン人の見張りだ。きちんと見張りをしていない。歩いたり立ったりせず、肩に槍をもたせかけたまま、あごを胸に落として、うずくまっている。

「よくやった」と、ティリアンは、ジルに言った。まさに知りたかったことを、ジルは教えてくれたのだ。

三人は立ちあがった。今度は、ティリアンが先を行く。とてもゆっくりと、息をする音さえ出さないようにして、見張りから十メートルほどの小さな木立ちまでやってきた。

「私がもどってくるまで、ここで待っていてくれ。」王は、子どもたちにささやいた。

「もし私が失敗したら、逃げるんだ。」それから、王は大胆にも、見張りからよく見えるところをぶらぶらと歩いていった。男は、王を見ると、びっくりして立ちあがろうとした。王が自分の上官であって、すわりこんでいたことを叱られるのではないかと恐れたのだ。けれども、男が立ちあがる前に、ティリアンは、男のそばに片ひざをついて、こう言った。

「おまえはティズロック王――国王陛下万歳！――の兵士か。こんなナルニアの獣や悪魔のなかで、おまえと出会えてありがたい。友よ、握手をしよう。」

カロールメン人の見張りは、なにがどうなってるのか、よくわからないまま、右手をギュッとにぎられた。つぎの瞬間、ティリアンは、両ひざで男の両脚を押さえつけ、短剣を首に押し当てた。

「少しでも音をたてたら、殺す。」ティリアンは耳もとで言った。「ユニコーンがどこにいるかを教えろ。そうすれば、生かしておいてやる。」

「う――馬小屋のうしろです、ご主人さま。」あわれな男は、もごもごと言った。

「よし。立って、案内しろ。」

男が立ちあがっても、短剣の先は首から離れなかった。ティリアンが男のうしろにまわると、短剣の先も(冷たくて、かなりくすぐったいものだ)、ぐるりと弧を描いて耳の下のところで止まった。男はふるえながら、小屋の裏へまわった。

あたりは暗くても、ティリアンは、すぐにジュエルの白い姿を見ることができた。

「静かに！」と、王。「いや、いななくな。そうだ、ジュエル。私だ。どこをしばられているんだ？」

「脚を四本ともしばられ、馬小屋の壁のわっかに、轡《くつわ》をゆわえつけられています」と、ジュエルの声がした。

「そこで待っていろ、見張りよ、壁に背中をつけて。そうだ。さて、ジュエル、おまえの角をこのカロールメン人の胸につきつけておけ。」

「よろこんで、陛下」と、ジュエル。

「身動きしたら、心臓をつらぬいてしまえ。」

それから数秒もたたぬうち、ティリアンは縄を切った。のこった縄で見張りの手足をしばった。最後に、男の口をあけさせ、草をつめこみ、声をたてられないように頭とあごをしばりあげ、壁を背にしてすわらせた。

「いささか手荒なまねをしてすまんな」と、ティリアン。「しかし、やむをえんのだ。もし、また出会ったら、もっとましな扱いをしてやれるかもしれん。さあ、ジュエル、そっと行こう。」

王は、左腕をジュエルの首にまわし、身をかがめて、その鼻にキスをして再会をよろこびあった。ふたりは、子どもたちを残しておいた場所に、できるだけ静かにもどってきた。そこは木の下で、いっそう暗かったため、ユースタスがいるのがわからず、もう少しでぶつかるところだった。

「うまくいった」と、ティリアンは、ささやいた。「ひと晩でなかなかの仕事だ。では、帰ろう。」

むきを変えて数歩歩いたところで、ユースタスが言った。

「ポウルさん、どこにいるの？」

返事がない。

「陛下、ジルは、陛下の反対側にいますか？」と、ユースタスはたずねた。

「なんだって？」と、ティリアン。「きみのむこうにいるんじゃないのか？」

恐ろしい瞬間だった。大声は出せなかったが、できるかぎり大きなささやき声で、ジル・ポウルの名前を呼んだ。返事はない。

「私がいないあいだに、いなくなったのだろうか？」と、ティリアン。

「ぼくには見えませんでした」と、ユースタス。「でも、ぼくが気づかないうちに、いなくなったのかもしれません。あの子、ネコみたいに静かに歩けますから。陛下も、ごらんになったでしょう。」

その瞬間、遠くのほうで太鼓の音が聞こえた。ジュエルは耳を前へむけた。

「こびとたちです」と、ジュエルは言った。

「それも、おそらくは、裏切って敵となったこびとであろう。」ティリアンがつぶやいた。

「そして、もっと近くでは、ひづめの音をたてて、なにかが近づいてきます」と、ジュエル。

ふたりの人間とユニコーンは、じっと立っていた。あまりにも心配することが多すぎて、どうしていいかわからなかったのだ。ひづめの音は、どんどん近づいてくる。それから、すぐ近くで、ささやき声がした。

「ねえ！ そこにいるの？」

ありがたいことに、ジルの声だ。

「いったい全体、どこにいたんだよ？」とてもおびえていたユースタスは、怒ったささやき声で言った。

「馬小屋のなかよ」と、ジルはあえぐように言った。けれども、それは笑いをこらえているかのような声だった。

「おい」と、ユースタスがうなった。「おもしろがってるのかい？ いいかい、ぼくに言わせりゃ――」

「ジュエルはもどってきましたか、陛下？」と、ジルはたずねた。

「ああ。ここにいる。きみが連れてきた、その小さな獣はなんだい？」

「これが、あのひとです」と、ジル。「でも、だれも目を覚まさないうちに帰りましょう。」

そして、また、ぷっとふき出すような笑い声がかすかに聞こえた。

みんなは、言われたとおりに、すぐにそこを立ちさった。なにしろ、この危険な場所にもうじゅうぶん長いこといたし、こびとの太鼓がさっきより少し近づいてきたように思えたからだ。数分、南へ歩いてから、ようやくユースタスは、こう言った。

「あのひとって、どういう意味？」

「偽アスランよ」と、ジル。

「なんだって！」と、ティリアン。「きみは、どこにいたんだ？　なにをしていたんだ？」

「あのですね、陛下」と、ジルは言った。「陛下があの見張りをつかまえていらっしゃるのを見たとたん、馬小屋のなかをのぞいて本当はなにがいるのかを見たほうがいいと思ったんです。そこで、這《は》っていきました。かんぬきを外すのは、おちゃのこさいさいでした。もちろん、なかはまっ暗で、ふつうの馬小屋のにおいがしました。それで、マッチをすってみたら――信じられますか――そこにいたのは、この年とったロバだったんです。背中にライオンの皮をくっつけていました。そこで、あたしはナイフを抜いて、ついてくるように言いました。実のところ、ナイフでおどしたりしなくてもよかったんです。もう馬小屋にいるのにはうんざりしていて、さっさと出てきたかったんです。そうよね、パズル？」

「なんてこった！」と、ユースタス。「こいつはまったく——びっくりだ。さっきまで、ぼくはきみに腹をたてていたんだ。今だって、ぼくらを置いて、ひとりでこっそり行くのはずるいと思うけど、だけど、こいつはまったく——つまり、そのう——いやあ、すごいよ。もしきみが男の子だったら、騎士にしてあげなきゃいけませんよね、陛下？」

「もし男の子だったら」と、ティリアン。「命令にそむいた罰で、鞭《むち》で打たれるだろう。」

けれども暗がりのなかだったので、王がこのことばを、顔をしかめて言ったのか、ほほえみながら言ったのかわからなかった。つぎの瞬間、金属のシャキーンという音がした。

「なにをなさっているんですか、陛下」と、ジュエルがするどくたずねた。

「呪われたロバの首を切り落とすために、刀を抜いたのだ」と、ティリアンが恐ろしい声で言った。「わきへ、のいていなさい、少女よ。」

「ああ、やめて、どうかやめてください」と、ジル。「ほんとに、そんなことをしてはいけません。この子のせいじゃないんです。ぜんぶ、サルのせいなんです。この子には、わかっていなかったんです。とても後悔しています。いいロバさんなんです。名前はパズルです。それに、あたしは両腕をその首にまわしています。」

「ジル」と、ティリアン。「きみは、わが家臣のなかで最も勇敢で最もかしこいが、最もなまいきで不従順だ。まあ、よろしい。ロバは生かしておいてやろう。なにか言いぶんはあるかね、ロバよ？」

「私ですか、陛下？」と、ロバの声がした。「いけないことをしたのなら、ほんとにごめんなさい。サルは、私があのような恰好《かっこう》をするのを、アスランが望んでいると言ったのです。私は、サルにはわかっているのだと思いました。私は、サルのようにかしこくないのです。言われたとおりにしただけです。あの馬小屋で暮らすのは、まったくおもしろくありませんでした。馬小屋の外でなにがあったのかも、知りません。夜、一、二分しか出してもらえなかったのです。私に水をくれるのを忘れた日だってありました。」

「陛下」と、ジュエル。「さっきのこびとどもが、どんどん近づいています。迎え撃ちますか？」

ティリアンは少し考え、それから急に大きな笑い声をたてた。そして、今度は、ささやき声ではなく、こう言った。

「ライオンにかけて、私はなんておろかなんだ。迎え撃つかだって？　もちろん。迎えようじゃないか。こうなったら、だれでも迎えよう。このロバを見せてやろうじゃないか。やつらが恐れ、頭をさげていたのが、なんだったのか、わからせるんだ。サルの邪悪な計画の真実を見せてやる。やつの秘密は、あばかれた。流れが変わったのだ。明日あのサルを、ナルニアでいちばん高い木につるしてやろう。もはや、ささやいたり、こそこそしたり、変装したりする必要はない。その正直なこびとたちはどこだ？　よい知らせを教えてやろう。」

何時間もささやいたあとで大声を聞くのは、すばらしくドキッとするものだ。だれもが話しはじめ、笑いだした。パズルでさえ頭をあげ、大きな声でヒーホーヒーホーと笑い声をたてた。何日もサルから禁じられてきた笑いだ。それから、みんなは、太鼓の音のほうにむかって進んだ。音はどんどん大きくなってきて、やがてたいまつも見えた。街灯の跡地までつづく荒れた道（イングランドなら、とても道とは呼べないしろものだった）に出た。そこへ、しっかりと行進をつづけてきたのは、三十人ほどのこびとたちだった。みな小さな鋤《すき》や鍬《くわ》を肩にかついでいる。ふたりの武装したカロールメン人が列を率いており、さらにふたりがしんがりをつとめていた。

「止まれ！」道に出ていきながら、ティリアンが雷のような声で命じた。

「止まれ、兵士たちよ。このナルニアのこびとたちを、どこへ、だれの命令によって、連れていくのだ？」

第七章

まさかまさかのこびとたち

列の先頭にいたふたりのカロールメン人兵士たちは、ティリアンのことを、武装したふたりの小姓を従えたタルカーン、つまりカロールメンの大貴族だと思い、立ち止まって、槍《やり》をかかげて敬礼をした。

「閣下」と、ひとりが言った。「われわれは、これらのこびとどもを、ティズロック王――国王陛下万歳！――の鉱山で働かせるために、カロールメンへ連れていくところであります。」

「偉大なる神タシュにかけて、まことにおとなしいこびとたちだな」と、ティリアン。それから、ふいに、こびとたちのほうをむいた。六人にひとりぐらいの割合でたいまつを持っており、その散らつく光に照らされて、ひげを生やしたこびとたちが、厳しい、がんこそうな表情で、こちらを見ているのがわかった。

「こびとたちよ、ティズロック王は偉大なる戦をして、おまえたちの国を征服したのか、このようにがまんして、パグラハンの岩塩の穴へ死にに行こうとするとは？」

ふたりの兵士たちは、おどろいてティリアンをにらんだが、こびとたちはみんな答えた。

「アスランの命令です。アスランの命令なのです。アスランが私たちを売りとばしたのです。アスランが相手ではどうすることもできません。」

「ティズロックなんか関係ないよ！」ひとりがそう言って、つばを吐いた。「ティズロックになにができるってんだ！」

「だまれ、犬ども！」と、カロールメンの兵士が言った。

「見ろ！」と、ティリアンは、パズルを明かりのなかへ引っぱってきて言った。「すべて、うそだったのだ。アスランは、ナルニアには来ていない。きみたちは、サルにだまされていたのだ。これが、サルが小屋から連れ出しておまえたちに見せていたものだ。よく見なさい。」

こびとたちが今、目にしているものは、こうして近くで見れば、どうしてこんなものにだまされてしまったのかと思えるようなものだった。ライオンの皮は、パズルが馬小屋に閉じこめられているあいだに、もうすっかりきたなくなっていたうえ、暗い森のなかを通ってくるあいだにも、ぶつかって曲がったりしていた。ほとんどは、一方の肩に載った大きなかたまりのようになっていた。ライオンの頭は、ごろんとかたむいて、ずっとうしろのほうへ行っていたので、パズルのおろかで、おとなしそうなロバの顔が見えた。ここに連れてこられるあいだに、こっそりと草を食べていたので、口のはしから草がつき出していた。そして、パズルはこうつぶやいていたのだった。「ぼくのせいじゃないんです。ぼくは、かしこくありません。かしこいなんて言ったことありません。」

　ほんの一瞬こびとたちは、みんな口をぽかんとあけて、パズルを見つめていたが、兵士のひとりがするどく言った。

「正気ですか、閣下。奴隷に、なにをしようというのです?」

　すると、もうひとりの兵士が言った。

「それに、あなたは、どなたです?」

　どちらの槍も、もはや敬礼の位置にはなかった。かまえられ、いつでも突ける態勢になっていた。

「合いことばを言え」と、隊長が言った。

「合いことばは、こうだ」と、王は自分の刀を抜きながら言った。「光来たりて、うそはあばかれる。さあ、身を守るがいい、悪党め。われこそはナルニアのティリアン王であるぞ。」

　王は、稲妻の速さで、隊長に襲いかかった。王が刀を抜いたとき、自分も刀を抜いていたユースタスは、もうひとりにむかって突進した。顔はまっ青だったが、無理もない。それでも、ビギナーズ・ラック、つまり初心者がたまたまうまくいく幸運にめぐまれていた。ユースタスは、その日の午後ティリアンから教わったことをすっかり忘れ、めちゃくちゃに刀をふりまわし（実際、目をあけていたのかどうかもわからない）、ふいに、自分でもおどろいたことに、相手のカロールメン人が足もとに倒れて死んでいるのに気づいたのだった。大いにほっとしたが、そのときは、恐ろしくてたまらなかった。王の戦いのほうが一、二秒長くつづいた。それから、王も相手を殺し、ユースタスにむかって叫んだ。

「もうふたりに気をつけろ。」

けれども、こびとたちが、残りふたりのカロールメン人をやっつけていた。もはや敵はいなかった。

「よくやった、ユースタス！」ティリアンが、背中をポンポンとたたいてくれた。「さて、こびと諸君、きみたちはもう自由だ。明日、きみたちを率いて、すべてのナルニアを解放しよう。アスランに万歳三唱！」

ところが、それに呼応する声は、まったくみじめなものだった。わずか（五人ほど）のこびとが弱い声をあげただけで、すぐにそれも消えてしまった。ほかの何人かは、すねたようなうなり声をあげた。多くの人は、なにも言わなかった。

「わからないのかしら？」と、ジルは、いらいらして言った。「あなたがた、こびとは、どうしたっていうの？　王さまがおっしゃったことは聞いたでしょ？　もうすっかり終わったのよ。あのサルは、もうナルニアを支配したりしない。みんな、ふつうの生活にもどれるの。また楽しくできるわよ、うれしくないの？」

一分ほどの沈黙があってから、すすのようにまっ黒な髪とひげを生やした、あまりすてきではない顔をしたこびとが言った。

「それで、あなたは、どなたさんです、おじょうさん？」

「あたしはジルよ。リリアン王を魔法から助け出したあのジルです――そして、こちらは、そのときいっしょだったユースタスです――あたしたちは、何百年ものちに別世界からもどってきたんです。アスランがあたしたちを送りこんだのよ。」

こびとたちは、みんな、たがいにニヤニヤしあった。あまり楽しそうでない、ばかにしたような笑いだ。

「そうかい」と、黒いこびと（名前はグリッフルだった）が言った。「みんながどう思ってるか知らねえが、アスランについちゃ、もううんざりするほどのことを聞かされてきたんだよ。」

「そうだ、そうだ」と、ほかのこびとたちは、うなった。「ぜんぶ、でたらめだ。ぜんぶ、くだらねえ、でたらめだ。」

「どういうことだ？」と、ティリアン。戦っていたときは青ざめていなかった王が、今や青ざめていた。すばらしい瞬間になると思っていたのに、まるで悪夢ではないか。

「おれたちの頭がよっぽど悪いと思ってるんだろうね」と、グリッフルは言った。

「一度だまされて、もう一度だまされるとでも思ってるのかい？　もうアスランの話なんか、ごめんなんだよ。こいつを見てみろ！　長い耳を生やしたい老いぼれのロバじゃねえか！」

「おいおい、ばかなことを言わないでくれ」と、ティリアン。「だれがこれをアスランだと言ったかね？　これはサルが、本物のアスランのまねをさせたものだ。わからないのか？」

「でもって、あんたらには、もっと本物そっくりの〝偽アスラン〟がいるってんだろう？」と、グリッフル。「ねがいさげだね。いったんだまされたんだ。二度とだまされるのはごめんんだ。」

「私に〝偽アスラン〟などいない」と、ティリアンは怒って言った。「私は本物のアスランにつかえる者だ。」

「そいつは、どこにいるんだ？　そいつはだれなんだ？　おれたちに見せてみろ！」何人かのこびとが言った。

「アスランが私の財布に入っているとでも言うのか、ばかめ」と、ティリアンは言った。「好きなときに私がアスランを出せるとでも言うのか？　アスランは、ひとになつくライオンではない。」

　このことばが王の口から出たとたん、王は失敗をしたと気がついた。こびとたちは、「ひとになつくライオンじゃない、ひとになつくライオンじゃない」と、はやすような口調で何度もくり返しはじめたのだ。

「そいつは、まさに、もうひとりのやつが、ずっとおれたちに言いつづけたことだ」と、ひとりが言った。

「本物のアスランも信じないと言うの？」と、ジルが言った。「でも、あたし、見たわ。そして、あたしたちふたりを別の世界からここへ送りこんだのもアスランなのよ。」

「へえ？」グリッフルはニヤリと笑って言った。「そりゃ、あんたの言い草だ。なにを言えばいいか、ちゃんと教えてもらったんだろう。覚えたとおりに言ってるんじゃねえのか？」

「礼儀知らずめ」と、ティリアンは叫んだ。「淑女《レイディ》にむかって、うそつき呼ばわりをするのか。」

「お上品な口を閉じといてくださいよ、旦那《だんな》」と、こびとは答えた。「もう王さまは要らないんだよ――あんたが、ほんとにティリアン王だとしてもね。どうも、そうは見えないけどねぇ――アスランが要らないのと同じだよ。これからおれたちは、自分で自分のめんどうを見る。もうだれかに、ぼうしをぬいで、へいこらしたりしないのさ、わかるかね？」

「そうだ」と、ほかのこびとたち全員が言った。「もう自分のことは自分でやる。もうアスランなんか要らない。王も要らない。別世界のばかげた話も要らない。こびとは、こびとでやってくさ。」そう言うと、こびとたちは、それぞれの場所にもどって、家へ帰ろうとした。

「小さなけだものどもめ！」と、ユースタスが言った。「岩塩の鉱山に連れていかれるところを助けてもらったお礼も言わないのか？」

「へん、こっちはぜんぶ、お見通しなんだよ」と、グリッフルは肩越しに言った。「おれたちを利用したかったんだろう。それで、おれたちを助けたんだ。あんたら、なんか思惑があってやったことなんだろう。さあ、みんな、行くぞ。」

こびとたちは、太鼓の音にあわせて、へんてこなちょっとした行進歌を歌いながら、暗闇のなかに足なみをそろえて去っていった。

ティリアンとその仲間たちは、それをじっと見送っていた。それから、王がたった一言「来い」と言うと、一同は、また旅をつづけた。

だれもなにも言わなかった。パズルは、まだはずかしい思いでいたが、なにがどうなってしまったのか、よくわかっていなかった。ジルは、こびとたちにむかっ腹をたてていたが、ユースタスがカロールメン人を倒したことには感動していて、どう声をかけたらよいかわからずにいた。ユースタスのほうは、まだ心臓がドキドキしていた。ティリアンとジュエルは悲しげに、いちばんうしろを歩いていた。王は、腕をユニコーンの肩に載せ、ユニコーンは、ときどきそのやわらかい鼻で、王のほおをさすった。たがいにことばをかけてなぐさめようとはしなかった。なぐさめになるようなことばが、なかなか思いつかなかったのだ。サルが偽のアスランをでっちあげたせいで、ひとびとが本物のアスランを信じなくなるとは、ティリアンは夢にも思わなかった。どのようにしてだまされていたのか教えてあげれば、そのとたんに、こびとたちが味方についてくれると思いこんでいたのだ。そうしたら、あくる日の夜には、馬小屋のある丘へ、みんなを連れていって、ありとあらゆる生き物たちにパズルを見せれば、みんなはサルを敵にして、おそらくはカロールメン人たちと小競りあいをしたのちに、すべてかたがつくはずだった。ところが、どうやら、なにひとつ思ったとおりにはならないようだ。ほかのナルニア人たちも、こびとと同じようになってしまうのだろうか？

「だれかが、うしろから来ますよ」と、ふいにパズルが言った。

　みんなは、立ち止まって耳をすませた。たしかに、うしろのほうから、小さなスタスタという足音がしてくる。

「だれだ！」王が叫んだ。

「おいらだけです、陛下」と声がした。「おいらです。こびとのポギンです。ほかの連中からなんとか別れてきたところです。おいらは、陛下の味方ですよ。そして、アスランの味方です。もし陛下が、おいらの手に、こびと用の剣をにぎらせてくださるなら、正しい側でよろこんで剣をふるいましょう。」

みんなはポギンをとりかこんで歓迎し、よく来てくれたとほめ、背中をたたいてやった。もちろん、たったひとりのこびとでは、大したちがいはないかもしれないが、ひとりでも味方ができるのはうれしいものだ。みんなの顔が明るくなった。しかし、ジルとユースタスは、いつまでも明るい顔をしていなかった。ものすごい大あくびをして、疲れきっていて、寝ることしか考えられなかったのだ。

みんなが塔にもどったのは、夜明け前の最も冷えこむ時間帯だった。もし食事の用意ができていれば、よろこんで食べただろうが、わざわざ食事の支度をするなど考えられなかった。みんなは川の水を飲み、しぶきをたてて顔を洗い、寝棚にころがりこんだ。パズルとジュエルは、外のほうがおちつくと言った。たしかに、ユニコーンと太ったロバが室内にいると手狭になってしまうから、外にいたほうがよかったのだろう。

ナルニアのこびとたちは、一メートル二十センチもないが、とても頑丈で屈強なので、ポギンは一日じゅう遅くまで重労働をしていたにもかかわらず、翌朝には真っ先に元気よく目を覚ました。ポギンは、ジルの弓を借りて、外へ出て、森鳩《ばと》を二羽、射落とした。それから、ジュエルとパズルとおしゃべりをしながら、玄関先の階段にすわって羽をむしった。パズルは、今朝は、ずっと元気そうだった。とても気高く繊細なユニコーンであるジュエルは、パズルにとてもやさしくしてやり、草とか砂糖とか、ひづめの手入れといったような、ふたりに共通の話をした。ジルとユースタスが、あくびをして目をこすりながら、十時半近くになって塔から出てくると、ポギンが《野生のフレズニー》と呼ばれるナルニアの雑草がたくさん採れる場所を教えてくれた。それは私たちの世界のスイバという野菜にとてもよく似ていて、料理をすると、とてもおいしいのだ。（バターが少々とコショウがあると完璧《かんぺき》なのだが、それはなかった。）そんなこんなで、朝食とも昼食ともつかぬ食事として、りっぱなシチューができあがった。ティリアンは、斧《おの》を持って森の奥へ少し分け入り、たきぎ用に枝を少し取ってきた。料理ができあがりそうになるにつれ、おいしそうなにおいが充満してきたので、まだできないのかと待ちきれない思いになったが、待っているあいだに、王はポギンのために、こびとの服を一式、探し出してきてくれた。鎖帷子《くさりかたびら》と兜《かぶと》と盾と剣とベルトと短剣だ。それから、王はユースタスの刀を調べて、ユースタスがカロールメン人を倒したあと、刀をよごれたまま鞘《さや》にもどしてしまったのを見つけた。ユースタスは、叱られて、刀をきれいにみがくように言われた。

そのあいだじゅう、ジルはあちこち動きまわって、鍋《なべ》をかきまわしていることもあれば、おいしそうに草を食べているロバとユニコーンをうらやましそうにながめていることもあった。その朝、自分も草が食べられたらなあ、と何度思ったことだろう！けれども、食事ができあがると、待っていたかいがあったとだれもが思った。しかも、みんなお代わりができたのだ。おなかいっぱい食べると、三人の人間とこびとは戸口の前にすわり、動物たちはむかいあうようにして横になり、こびとは（ジルとティリアンから許しを得て）パイプに火をつけた。王は、こう言った。

「さて、友ポギンよ、きみは、われわれより敵のことをよく知っているだろう。知っていることをぜんぶ話してくれたまえ。まず教えてくれ。私が逃げたことについて、連中はなんと言っているんだ？」

「とんでもない話がでっちあげられております、陛下」と、ポギンは言った。「この話をしたのは、茶トラネコのジンジャーです。たぶん、やつがでっちあげたんだと思います。このジンジャーというのが、陛下――まあ、ネコってのは、そういうものですが、まったくずるがしこいやつでして――やつは、悪党どもが陛下をしばりつけたあの木の近くを通りかかったと言うのです。でもって、陛下が（どうか、失礼をお許しください）わめき散らして、アスランをののしっていた――『私ならとても口にできないようなことばで、ののしっていたよ』なんて、ツンとすました顔をして言ったのです——ネコってのは、よくそういう顔をするでしょう。それから、ジンジャーが言うには、アスランそのひとが稲妻の光のなかに現れて、ひとくちで陛下を呑《の》みこんでしまったそうです。獣たちはみんな、この話にふるえあがって、たちどころに気を失ってしまったものもいました。もちろん、サルがその話に尾ひれをつけました。『アスランが自分を尊《たっと》ばないものに対してなにをするか、これでわかっただろう』と、サルは言ったのです。『みんな、これを警告とするがいい』と。あわれな獣たちは、なげき、泣きべそをかきながら『わかりました、わかりました』と言いました。ですから、つまるところ、陛下がお逃げになっても、みんなは、陛下の縄めをほどいた忠実な味方がいると考えるどころか、ただおびえてしまい、いっそうサルの言いなりになったのです。」

「なんという悪魔のようなやりかただ！」と、ティリアンは言った。「このジンジャーというのは、それでは、サルの腹心なのだな。」

「いえ、陛下、むしろサルが、ジンジャーの指示に従っているのではないかと思われます」と、こびと。「サルは、酒を飲みはじめるようになりました。どうやら、この計画は、今やジンジャー、ないし、リシュダ——というのはカロールメン人の隊長です——によって実行されているように思われます。おいらが思うに、こびとたちが陛下に対して下劣な返事をしたのも、おもにジンジャーが、こびとたちに吹きこんだ話のせいではないでしょうか。そう考えるわけを申しましょう。おととい、例の恐ろしい真夜中の集会が終わったとき、おいらは家に帰ろうとして、パイプを忘れたことに気づきました。とてもよいパイプで、むかしからのお気に入りだったので、捜しにもどることにしました。ところが、おいらがすわっていた場所にもどる前に（あたりはまっ暗でした）ネコの声がミュウと聞こえて、それから『ここにいる……静かに話せ』というカロールメン人の声が聞こえたので、おいらはそこで、凍りついたようにじっと立っていたのです。ふたつの声は、ジンジャーと、リシュダ・タルカーンと呼ばれる男の声でした。

『気高いタルカーンよ』と、ネコはネコなで声で言いました。『今日、アスランはタシュにすぎないという話が出ましたが、あれはどういう意味なのかをはっきりさせておきたいのです。』

『最もかしこいネコよ』と、相手は言いました。『疑いもなく、おまえは、私の言いたいことをよくわかっておろう。』

『つまり、』と、ジンジャーが言いました。『アスランもタシュもいない、ということですね。』

『かしこい者なら、みな知っていることだ』と、タルカーン。

『それでは、たがいの腹のうちは同じですね』と、ネコはのどを鳴らしました。『私のように、あのサルが少々わずらわしくなってきたのではありませんか？』

『おろかな、よくばりな獣だ』と、相手は言いました。『しかし、今は利用せねばならん。おまえと私とで、ひそかにすべての準備を整え、われらの思ったとおりにあのサルを動かすのだ。』

『そして、頭のいいナルニア人たち何人かは、われらの相談役としておいたほうがよいでしょうね。ふさわしいと思うやつを、ひとり、またひとりと、味方につけていきましょう。なにしろ本当にアスランのことを信じている獣どもは、いつ何時そむかないともかぎりませんからね。そして、あのばかなサルがうっかり秘密をもらそうものなら、叛乱《はんらん》が起きるでしょう。けれども、タシュもアスランもどうでもいいと思っていて、自分の利益だけを考え、ナルニアがカロールメン国の属州となったときにティズロック王からもらえる報酬のことを考える連中なら、信頼できましょう。』

『すばらしいネコだ。だが、慎重に選ばなければならんぞ』と、隊長は言いました。」

こびとが話しているうちに、天気が変わってきた。みんなが腰をおろしたときは晴れていたのだが、今、パズルはふるえていた。ジュエルは、おちつきなく首をあちこちに動かしている。

「くもってきたわ」と、ジル。ジルは空を見あげた。

「それにひどく寒いです」と、パズル。

「ライオンにかけて、まったく寒いな！」ティリアンは両手に息を吐きかけながら言った。「それに、うわ！　この嫌なにおいはなんだ？」

「うへぇー！」ユースタスがあえいだ。「なんだか死んだもののにおいみたいだ。どこかに死んだ鳥がいるんじゃない？　どうして今まで気がつかなかったんだろう。」

ジュエルは大あわてで、ぬっと立ちあがり、その角《つの》で、ある方角を指した。

「見てください！」ジュエルは叫んだ。「あれを見て！　ほら、そこ！」

六人全員が見た。みんなの顔に、ひどくうろたえた表情が浮かんだ。

第八章

ワシが運んだ知らせ

空き地のずっとむこうの木々のかげで、なにかが動いていた。それは、とてもゆっくりと、北のほうに、すべるように移動している。ちらりと見れば、煙かと思ったかもしれない。灰色で、むこうが透けて見えたからだ。しかし、おぞましいにおいは、煙のにおいとはちがっていた。それに煙だったら、うねったりうずまいたりして流れるだろうが、これは形が保たれていた。おおよそ人間の形をしているのだが、鳥の頭がついている。残酷な曲がったくちばしをした猛禽類《もうきんるい》の頭だ。四本の腕を頭より高くあげ、まるでナルニアのすべてをつかもうとするかのように、北のほうへさし出している。その指先には――指はぜんぶで二十あった――人間の爪ではなく、くちばしのように曲がり、長くてとがった鳥の爪がついていた。歩くのではなくて、草の上を流れており、それが通ったところの草は、しなびていくようだ。

パズルは、それをひと目見ると、悲鳴のような鳴き声をあげて、塔のなかへ駈《か》けこんだ。ジルは、みなさんもご存じのように臆病《おくびょう》者ではないが、両手で顔をかくして、それを見まいとした。残りの四人は、それが右手の奥深い木々のなかへ流れこんで消えていくまで、たぶん一分ほど見守っていた。それから、また日が射してきて、鳥たちが歌いはじめた。

ふたたびきちんと息ができるようになって、みんなは身じろぎした。それが見えていたあいだ、彫像のようにじっとしていたのだ。

「なんだったの?」ユースタスが、ささやき声で言った。

「前に一度見たことがある」と、ティリアン。「だけど、そのときは石に刻まれていて、金で塗られていて、目にはダイヤモンドがはめられていた。私がきみくらいの年齢のときに、タシュバーンの宮廷にティズロック王の客として行ったときのことだ。王は、私をタシュの偉大なる神殿に連れていった。その祭壇の上に刻まれているのを見たんだ。」

「じゃあ、あれが——あのものが——タシュなの?」と、ユースタス。

しかし、それに答える代わりに、ティリアンは、うしろからジルの両肩に腕をまわしてこう言った。

「だいじょうぶですか、淑女《レイディ》よ?」

「あ、はい、だいじょうぶです」と、ジルは、まっ青になった顔から両手を離して、ほほえもうとした。「だいじょうぶです。ちょっと気分が悪くなっただけ。」

「では、どうやら」と、ユニコーンが言った。「本物のタシュはいた、ということになりそうですね。」

「そうです」と、こびとが言った。「そして、タシュを信じなかったあのおろかなサルは、こっぴどい目にあうことでしょう！　やつが、タシュを呼んだのです。そして、タシュはやってきた。」

「そのひと——いえ——そのものは——どこへ行ったの？」と、ジル。

「北へ。ナルニアの中心へ」と、ティリアン。「やつは、いなくなりはしないだろう。連中があれを呼び、あれは来てしまったのだ。」

「ホー、ホー、ホー！」こびとが、その毛だらけの両手をもみあわせながら、満足そうに低く笑った。「あのサルは、びっくりするぞ。冗談で悪魔なんか呼び出すもんじゃないんだ。」

「タシュがサルの目に見えるかどうか、わかりませんよ」と、ジュエルが言った。

「パズルはどこへ行っちまったんだ？」と、ユースタス。

みんなは、パズルの名前を大声で呼んで、ジルは塔の反対側までまわって、パズルがいないか見てみた。すっかり捜し疲れてしまったとき、パズルは、ついにその大きな灰色の頭を戸口からおずおずとのぞかせて、こう言った。

「もういなくなった？」

ようやくパズルを外へ連れ出すと、パズルは嵐の前の犬のようにふるえていた。

「やっとわかりました」と、パズル。「本当にぼく、ひどいロバだったんです。シフトの言うことなんか聞いちゃいけなかったんです。こんなことが起こるなんて、思ってもみませんでした。」

「きみさ、自分がばかだとか言ってるひまがあったら、かしこくなろうとがんばればよかったのに――」と、ユースタスが言いはじめたが、ジルが口をはさんだ。

「あら、かわいそうなパズルをそっとしておいてあげなさいよ。ぜんぶ、まちがいだったんだから。そうでしょ、パズルちゃん？」そして、ジルは、パズルの鼻にキスをしてやった。

とんでもないものを見たおかげで、みんな、かなりふるえあがっていたが、もう一度すわって話をつづけた。

ジュエルには、あまり話すことがなかった。とらわれの身のとき、馬小屋のうしろでずっとしばられていて、敵の計画もなにひとつ聞こえなかったからだ。『毎晩みんなに見せるべく、かがり火の前に連れてこられているのはアスランであると信じる』と言わなければ殺すぞとおどされて、蹴っ飛ばされ（少しは蹴り返してやったが）ぶたれていたのだ。実のところ、助けてもらわなければ、まさに今朝、殺されているところだった。あの子羊がどうなってしまったかもわからなかった。

その夜、もう一度あの馬小屋のある丘へもどって、パズルをナルニア人たちに見せ、どのようにだまされていたのかを教えてやるべきか、それとも、こっそり塔のほうへ逃げて、ケンタウロスのルーンウィットがケア・パラベルから率いてくる援軍と合流してから、サルとそのカロールメン軍に立ちむかうべきかという問題を決めなければならなかった。ティリアン王は、最初の計画がいいと言った。あんなサルに、もう一瞬たりとも、ひとびとをいじめさせたくはないと思ったのだ。その一方で、こびとたちのゆうべのふるまいは、ひとつの警告となった。パズルを見せても、どのように受けとられるか、まったくわからない。それにカロールメン軍の兵士たちのことも、考えなければならない。ポギンによれば、三十人ほどいそうだ。ティリアンは、ナルニア人たちが全員こちら側についてくれれば、自分とジュエルと子どもたちとポギンで（パズルは当てにはならないので）じゅうぶん、やつらをやっつけられるだろうと感じていた。けれども、もしナルニア人の半分が――こびとたちもふくめて――ただすわって、ながめていたらどうなるだろう。あるいは、敵にまわるかもしれない。その危険は、あまりにも大きなものだった。それにタシュの雲のような影がある。あれは、なにをしでかすか、わからない。

　とはいえ、あのサルに一日か二日、あたふたさせておいても害はないだろうと、ポギンは指摘した。それは、そのとおりだった。連れ出してきてみんなに見せるパズルは、もういないのだ。サル――あるいはジンジャー――がどんな話をでっちあげてこの説明をつけるのか、見当もつかない。獣たちがアスランに会わせてくれと毎晩たのんでも、アスランがぜんぜん出てこなければ、どんなにぼんやりした連中でも、あやしいと思うだろう。

結局、出発して、ルーンウィットと合流するのがよいと、みんなは賛成した。

そう決めたとたん、だれもがすっかり陽気になった。正直言って、戦うのがこわかったからではないと思う。(ひょっとすると、ジルとユースタスは、こわかったかもしれないが。)だれもが心の奥底でほっとしていたのは、あの恐ろしい鳥の頭をしたものに――少なくとも今は――これ以上近づかなくてすむからだろう。あれは、目に見えるか見えないかはわからないが、今、馬小屋のある丘をさまよっているはずだ。

ともかく決心がつくと、気分がよくなるものだ。

ティリアンは、カロールメン人とまちがえられたくないから、変装をとったほうがいいと言った。これから出会うナルニア人たちから攻撃されてしまうかもしれない。こびとは暖炉から灰を取ってきて、剣や矢じりに塗る油の瓶から油を取り出してまぜあわせ、おぞましい感じの練り粉を作った。それから、一同は、カロールメン人の鎧《よろい》をぬいで、川へおりていった。その嫌な練り粉は、やわらかい石けんのような泡をたてた。ティリアン王とふたりの子どもたちが水辺にひざまずき、首のうしろをこすったり、水をかけて泡を流したりしながら、泡を吹いて遊ぶようすは、心温まる情景だった。やがて一同は、パーティーの前に念入りにおふろで体を洗った人のように、かがやく赤い顔をして塔へもどった。それから、真のナルニアのやりかたで武装して、まっすぐな剣と三角の盾を手にとった。

「やっぱり、こっちのほうがずっといい」と、ティリアンが言った。「本当の人間にもどったように感じるよ。」

パズルは、ライオンの皮をはずしてほしいと、とても熱心におねがいした。ものすごく暑いし、背中にまとわりついて気持ちが悪いのだと言う。しかも皮をつけていると、ほんとになさけない恰好《かっこう》だ。けれども、もう少しそれを身につけていなければならないよと、みんなは言った。というのも、まずルーンウィットに会うことにしたにせよ、その恰好をしたパズルをほかの獣たちに見せたいと思っていたからだった。

鳩肉とウサギ肉は持っていくほど残っていなかったので、代わりにビスケットを持った。それから、ティリアンが塔の扉に鍵《かぎ》をかけ、それで塔での滞在が終わった。

午後二時を少しまわったころ、一同は出発した。その春ようやく本格的に暖かくなったはじめての日だった。新しい葉っぱが、きのうよりもずっとたくさん出てきたように思えた。マツユキソウの花はもう終わっていて、サクラソウが咲いていた。木もれ日がななめに射しこみ、小鳥がさえずり、小川のせせらぎが（どこからかはわからなかったが）いつも聞こえていた。タシュのような恐ろしいものがいるとは考えられないように思えた。子どもたちは、「これで、ようやくナルニアらしくなった」と感じた。先頭を歩くティリアンさえ、ずっと軽い心持ちで、ナルニアの行進の歌を口ずさんでいた。こんなふうな、くり返しのある歌だ。

やれ、どこどん、どこどん、どこどんどん
どこどん、太鼓をどんとたたけ

王のあとから、ユースタスとこびとのポギンが歩いた。ポギンは、ユースタスのまだ知らなかったナルニアの木や鳥や植物の名前をあれこれ教えてあげた。ときどきユースタスは、その英語名を教えてあげた。

そのあとからパズルがつづき、それからジルとジュエルがしっかり身を寄せあって歩いた。ジルは、言ってみれば、このユニコーンにすっかりほれてしまったのだ。こんなにかがやいていて、繊細で優雅な動物には会ったことがないと思っていた。それは、さほどまちがいではない。ジュエルはとてもやさしくて、おだやかな物言いをするのだから。戦のときにどんなに激しく恐ろしい動物になるか知らなければ、まさかそんな一面があるとは思いもよらないだろう。

「まあ、これって、すてきだわ！」と、ジルは言った。「こんなふうにいっしょに歩けるなんて。こんなふうな冒険がたくさんあったらいいのにな。ナルニアであまりにも事件が多すぎるのは残念だわ。」

けれども、ユニコーンは、それはまったくのまちがいだと教えてやった。アダムの息子とイブの娘がその不思議な世界からナルニアへ連れてこられるのは、ナルニアが混乱して乱れているときだけであるけれども、いつもナルニアがそんなふうだと思ってはいけないと言うのだ。子どもたちがやってくるあいだに、何百年も何千年もの平和な時代があって、何代もの王につぐ王が――もはや王の名前も覚えていられず、何人いたのかもわからなくなるほどたくさんの王が――平和な治世をつづけているのであって、そのあいだ歴史の本に書き記すようなことは、ほとんどなにも起こっていないのだと言う。それから、ジュエルは、ジルが聞いたこともない、むかしの女王や英雄たちの話をしてくれた。白の魔女と冬の時代よりも前に生きていたスワンホワイト女王は、あまりにも美しかったので、女王が森の池をのぞきこむと、その顔が池に映って光りかがやくようすがまるで夜の星のようになり、その光はそのあと一年と一日かがやきつづけたと言う。すごい耳をしたウサギのムーンウッドの話もしてくれた。このウサギは、大滝の轟音《ごうおん》が反響する大釜池の近くにいても、ケア・パラベルでこそこそ話している会話が聞こえたと言う。

あらゆる王の最初の王フランクから九代めの

ゲイル王が、はるばる東の海へ航海をし、ローン諸島の人たちをドラゴンから救ったため、ローン諸島は永遠にナルニアの忠実な島となった話もしてくれた。何世紀にもわたってナルニアはとてもしあわせだったため、記憶に残るできごとと言っても、せいぜい有名な踊りや宴会や槍《やり》試合ぐらいであって、毎日毎週ますます楽しくすごしていたのだと言う。そうした話を聞いているうちに、何千年ものあいだのしあわせなナルニアのイメージがジルの心に積み重なって、まるで高い山の上から、森や川や畑でいっぱいの、豊かな、すてきな平原を見おろしているかのような気持ちになった。その世界は、どこまでもどこまでもひろがっていて、遠くのほうは、ぼんやりとかすんで見えないのだ。そこで、ジルは言った。

「ああ、サルなんか、さっさとやっつけて、すてきなふつうの時代に早くもどれるといいわね。そして、それがずっと、いつまでもいつまでも、つづいてほしい。あたしたちの世界は、いつかは終わらなければならないけれど、きっとここは、そうじゃないんだわ。ああ、ジュエル、ナルニアが、いつまでもいつまでも、つづいたらすてきよね。今までずっとつづいてきたって、あなたが話してくださったみたいに。」

「そうはなりませんよ」と、ジュエルは答えた。「あらゆる世界は終わるのです。終わらないのはアスランの国だけです。」

「じゃあ、少なくとも」と、ジルは言った。「この世界の終わりが、何百万年も何百

万年も何百万年もずっと先だといいと思う――あら？　どうして止まったの？」

　王とユースタスとこびとが、三人とも空をじっと見あげていた。ジルは、これまであった恐ろしいことを思い出して、身をふるわせた。しかし、今度は、そんなものではなかった。

「あの飛びかたからすると、あれはもの言う鳥でしょうね」と、ユニコーンが言った。

「私もそう思う」と、王が言った。「しかし、味方か、それともサルのスパイか？」

「どうやら、陛下」と、こびと。「ワシのファーサイトのようです。」

「ぼくたち、木にかくれなくてもだいじょうぶ？」と、ユースタス。

「うむ」と、ティリアン。「このまま、じっとしているほうがいい。動けば、すぐに見つかる。」

「ごらんなさい！　旋回しています。もう見つかりました」と、ジュエルが言った。「大きな輪を描いて、こちらにおりてきます。」

「矢をつがえてください、淑女《レイディ》よ」と、ティリアンはジルに言った。「けれども、私が命じるまで、射てはいけません。味方かもしれませんから。」

　そのつぎに起こることを知っていたら、その巨大な鳥がいかに優雅にやすやすとすべりおりてくるかを目の当たりにして、心がなぐさめられたにちがいない。鳥は、ティリアンから一メートルも離れていないゴツゴツした岩に止まって、その羽冠のある頭をさげ、不思議なワシの声でこう言ったのだ。

「ようこそ、王さま。」

「ようこそ、ファーサイト」と、ティリアン。「私を王と呼んでくれたからには、きみはサルや偽アスランの味方ではないのだね。よく来てくれた。」

「陛下」と、ワシは言った。「わしが持ってまいった知らせをお聞きになれば、これまで陛下にふりかかったどんな大きな悲しみよりもずっとお悲しみになるにちがいありません。」

そのことばを聞くと、ティリアンは心臓が止まる思いだったが、歯を食いしばって言った。

「聞かせてくれ。」

「ふたつの光景を見てまいりました」と、ファーサイトは言った。「ひとつは、ケア・パラベルが、死んだナルニア人たちと生きているカロールメン人でいっぱいになっておる光景です。陛下の城の上には、ティズロック王の旗がかかげられ、陛下の民たちは町から逃げ出していきます――ちりぢりになって、森のなかへ。ケア・パラベルは海から襲われたのです。カロールメンの大きな船二十隻が、一昨日《おととい》の夜、闇に乗じてやってきたのです。」

だれも、なにも言えなかった。

「もうひとつの光景は、ケア・パラベルより五リーグ〔約二十四キロ〕ほどのところで、ケンタウロスのルーンウィットが、わき腹にカロールメンの矢を受けて死んでおるというものです。息をひきとるとき、わしはそばにおって、このことばを陛下にお伝えするようにと命じられました。『あらゆる世界は終わるのであり、気高き死は、どんな貧しき者にも買うことのできる宝なり』と。」

「それでは」と、王は、長い沈黙のあとで言った。「ナルニアは、なくなったのだな。」

第九章

馬小屋の丘での大集会

長いあいだ、だれも口をきけず、涙を流すこともできなかった。それから、ユニコーンがひづめで地面を踏みしめると、たてがみをふってこう言った。

「陛下、もはやご相談するまでもありません。あのサルの計画は、われわれの思いもよらぬほど綿密だったということです。疑いなく、やつは、ひそかにティズロック王と長いあいだ通じていて、ライオンの皮を見つけたとたんに、ケア・パラベルとナルニア全土を襲うべく、海軍を用意させていたにちがいありません。こうなれば、われわれ七人としては、馬小屋のある丘へもどって真実を告げ、アスランが私たちに与えてくださる冒険をするしかありません。そして、万が一にも、サルの味方をしているあの三十人のカロールメン人らを討ち倒すことができたならば、とって返して、やがてケア・パラベルから行進してくるさらに大きな軍隊と戦を交えて死ぬ覚悟であります。」

ティリアンは、うなずいた。しかし、子どもたちのほうをむいて、こう言った。

「さて、友よ。もはや、きみたちは、自分たちの世界へ帰る時間だ。きみたちはもう、ここへ送られてきたその役目を果たしたからね。」

「で――でも、あたしたち、なにもしていません。」そう言ったジルがふるえていたのは、こわかったからというより、なにもかもがあまりにもひどすぎるからだった。

「いや」と、王は言った。「きみたちは、私を木から自由にしてくれた。きみは、ゆうべ森のなかで、私の目の前でヘビのようにすうっと動いてパズルを連れ出してくれた。そして、ユースタス、きみは敵をやっつけた。しかし、きみたちは、われわれほかのものが今晩、いや、あるいはひょっとして三日後にやらねばならぬ、この血なまぐさいことにかかずらうには若すぎる。どうか、おねがいだ。いや、命令する。きみたちの場所へ帰ってくれたまえ。きみたちのような若いつわものを戦で失えば、わが恥となるだろう。」

「いえ、いえ、いえ」と、ジルが言った。（話しはじめたときには、まっ青だったのだが、それから急にまっ赤になり、また、まっ青になった。）

「帰りません。なにをおっしゃろうと、かまいません。なにがあろうと、あなたといっしょにいます。そうよね、ユースタス？」

「そうです。それに、そんなに熱くなって言うことでもないと思うよ」と、ユースタスは、ポケットに両手をつっこんで言った。（鎖帷子《くさりかたびら》を着ながらそんなことをすると、とてもへんに見えることを忘れていたのだ。）

「だって、ほら、どうしようもないでしょ。ぼくらが帰るなんて話をして、どうなるんです！　どうやって帰るんです？　帰ろうにも、帰る魔法がないんだから！」

　これはたしかに、そのとおりだったが、そのときジルは、ユースタスがそんな言いかたをしたのが嫌だった——ほかの人たちが興奮しているときに、ユースタスったら、ひどくあたりまえのことを言うのが好きなんだから。

　ティリアンは、ふたりの子どもたちが（アスランが突然さっと連れさりでもしないかぎり）家に帰れないと気づくと、南の山を越えて、おそらくは安全なアーチェンランド国へ行ってほしいと言った。しかし、ふたりは行きかたを知らなかったし、ふたりを連れていく人もいなかった。それに、カロールメン人たちがいったんナルニアを征服すれば、翌週くらいにはアーチェンランド国もまちがいなく征服されてしまうだろうと、ポギンは言った。それは、そのとおりだった。ティズロック王は、どちらの北国も自分のものにしたがっていたのだから。結局、ユースタスとジルが熱心におねがいをしたものだから、ティリアンも、いっしょに来てどうなるかやってみてもよい——いや、王はもっとまともな言いかたをして、「アスランがふたりにさせようとしている大冒険」をしてもよい——と言ってくれたのだ。

　王の最初の考えは、暗くなるまでは《馬小屋の丘》へもどらないほうがいいというものだった。みんなは、もうその丘の名を聞くのも、うんざりだった。けれども、こびとは、昼間そこへ行ったら、カロールメン人の見張りひとりがいるだけで、だれもいないだろうと言った。サルが（そして、ジンジャーが）その新たな怒れるアスラン――あるいは、タシュラン――について話したために、獣たちはすっかりおびえきっていて、例の恐ろしい真夜中の集会へ呼び出されないかぎり、丘へ近づこうとはしなかったからだ。それに、カロールメン人は森に住むのがじょうずではなかった。むしろ白昼どうどうと馬小屋の裏まで、見つからずにやすやすと近づけるだろうと、ポギンは考えた。夜になってしまうと、サルが獣たちを呼び出すかもしれず、カロールメン人たちがしっかり見張りにつくので、見つかりやすくなる。昼間のうちにパズルを馬小屋の裏の完全に見えないところに置いておいて、夜、集会がはじまったら、いよいよパズルをみなの前に連れ出す瞬間を待てばよいのだ。これは、明らかによい計画だった。ナルニア人たちをわっとおどろかせるしか方法がなかったからだ。

みんなは、これに賛成して、あの嫌な丘を目指して、北西へ新たな小隊を組んで出発した。ワシは、みんなの上を行ったり来たりして飛んだり、パズルの首に止まったりしていた。だれひとり、そう、王でさえ、よっぽどのことがないかぎり、ユニコーンに乗るなどということは夢にも思わなかった。

今度は、ジルとユースタスがならんで歩いた。ふたりとも、どうかいっしょに連れていってくださいとたのんだときは、自分たちにとても勇気があるように感じていたのだが、今はぜんぜん勇気が出なかった。

「ねえ、ポウルさん」と、ユースタスがささやいた。「ぼく、こわいよ。」

「あなたはだいじょうぶよ、スクラブくん」と、ジルが言った。「あなたなら戦えるわ。でも、あたしは——あたし、本当のことを言うと、ふるえちゃってるの。」

「ふるえるなんて、大したことないさ」と、ユースタス。「ぼく、吐きそう。」

「おねがいだから、そういうこと言わないでちょうだい」と、ジル。

ふたりは、一、二分だまって歩きつづけた。

「ポウルさん。」やがてユースタスが言った。

「なあに？」と、ジル。

「ぼくたち、ここで殺されたら、どうなるのかな？」

「死ぬんじゃない？」

「いや、つまり、ぼくたちの世界でなにが起こるのかなってこと。目が覚めたら、汽車のなかにもどっていたりするのかな。それとも、ただ消えて、それっきりなのかな。それとも、イングランドで死んでるのかな。」

「うわ。そんなこと、考えてもみなかった。」

「ぼくが汽車の窓から手をふってるのが見えたのに、汽車が着いてみたら、ぼくが消えてるなんて、そんなのピーターたちからすれば、へんだよね。さもなきゃ、ぼくらふたりは発見されるんだよ――もしイングランドで死ぬとしたらってことだけど――二体の死た――。」

「うわ！」と、ジル。「なんてひどい考え。」

「ぼくらには、ひどくはないさ。もう、いないんだもの。」

「こんなところ――ううん、ちがうわ」と、ジル。

「なんて言いかけたの？」

「こんなところ来なきゃよかったと言いかけたんだけど。でも、そうじゃない。そうじゃないわ。そうじゃないのよ。たとえ殺されたとしても、あたし、ナルニアのために戦って死んだほうがましだと思う。年をとって、もうろくして、車椅子とかに乗って、それでやっぱり最後は死んじゃうくらいなら。」

「英国鉄道の鉄道事故でぺちゃんこになっちゃうかもしれないしね。」

「どうしてそういうこと言うの？」

「あのひどいドシンという揺れがきたとき――それでぼくらがナルニアに放り出されたように思えたやつ――あのとき、あ、鉄道事故が起きるぞって思ったんだ。だから、代わりにここにいるってわかって、とってもうれしかったんだよ。」

ジルとユースタスがこんなことを話しているあいだに、ほかのものたちは計画を練り、さほどなさけない気持ちではなくなっていた。それというのも、まさに今晩なにをすべきかについて考えていたために、ナルニアに起こったこと――ナルニアの栄光とよろこびがすべて終わったという思い――は、心の片すみへと追いやられたからだ。話すのをやめたとしたら、悲しくなって、またみじめな気持ちになっただろうが、話しつづけたのだ。ポギンは、これからやらなければならない仕事について、かなり陽気になっていた。きっとイノシシと、クマと、おそらくすべての犬たちが、ただちに味方になってくれるはずだと言う。こびと全員が隊長グリッフル側にまわるとは思えないし、かがり火の明かりのなかで、木かげから出たり入ったりしながら戦う場合は、人数の少ないほうが有利だ。そして、もし今夜の戦いに勝利できたら、なにも数日後にカロールメンの主軍隊と対戦して命を捨てなくてもよいのではないだろうか。

それよりも、森にかくれ、あるいは大きな滝のむこうの荒野に身をひそめて、無法者のように暮らしたらどうだろう。そして、少しずつ力をたくわえていくのだ。きっと、もの言う獣たちや、アーチェンランド人たちが毎日少しずつ味方にくわわってくれることだろう。そして、最終的には、かくれていたところから打って出て、カロールメン人たち（そのときは油断をしているかもしれない）を国から追い払い、ナルニアを復活させるのだ。だって、ミラーズ王の時代には、そんなようなことが起こったではないか！

ティリアンは、そんな話をすっかり聞いたあとで、こう思った。「だが、タシュはどうなるのだろうか？」そして、今聞いた話のなにひとつ、実際には起こりそうにないと骨の髄までしみて感じた。けれども口に出しては、そう言わなかった。

　馬小屋の丘に近づくと、もちろん、みんなは静かになった。いよいよ本当の森での作戦がはじまるのだ。最初に丘が見えたときから、馬小屋の裏にまわるまで、二時間以上かかった。何ページにもわたって書きつらねないかぎり、起こったことをきちんと書きとめることはできない。かくれていたところから、つぎのかくれ場所へ移動することそれ自体がひとつの冒険であり、そのあいだにはとても長い待ちの時間があり、実はなんでもないのに、あぶないと緊張することが何度もあった。もし、みなさんが、すぐれたガールスカウトやボーイスカウトだったら、それがどんなふうか、きっとご存じだろう。日没ごろまでには、一同は、馬小屋の後方十五メートルほどのところに生えたヒイラギの木立ちに無事にかくれていた。みんな、ビスケットをもぐもぐしながら横になった。

　それからが、じっと待つという、いちばん嫌なところだ。子どもたちにとっては、幸いなことに二時間ほど眠ることができたが、もちろん夜、冷えこんでくると目が覚め、さらに悪いことに、のどがひどく渇いているのに飲み物などないのだ。パズルはただ立ったまま、いらいらして少しふるえ、だまっていた。けれども、ティリアンは、ジュエルのわき腹に頭をもたせかけて、まるでケア・パラベルの王のベッドにでも寝ているかのようにぐっすり眠って、ゴーンと、どらの音を聞いて目を覚ました。体を起こしてすわると、馬小屋の反対側にかがり火が見え、ついにその時がやってきたのだとわかった。

「キスをしておくれ、ジュエル」と、王は言った。「まちがいなく、今晩が、ぼくらの地上最後の夜だからね。もし大きなことであれ、ささいなことであれ、きみを怒らせたことがあったら、どうか今赦《ゆる》してほしい。」

「愛《いと》しい王さま」と、ユニコーンは言った。「赦してさしあげられるように、王さまが私を怒らせることがあったらよかったと思います。さようなら。これまでいっしょに、とても楽しゅうございました。もしアスランが選ばせてくださるのだったら、これまで私が生きた人生を選び、こうして死ぬことになるその死以外選びたくはありません。」

それから、みんなは、ファーサイトを起こした。翼の下に顔をつっこんで眠っていたので、まるで頭がないかのように見えた。そして、一同は、馬小屋のほうへと這《は》っていった。パズルはあとに残していった。（今となっては、だれもパズルに腹をたてていなかったので、やさしいことばをかけてやった。）

「だれかが連れに来るまでは動いてはいけないよ」とパズルに命じて、一同は馬小屋のかたすみに陣取った。

　まだ、かがり火がついたばかりで、これから燃えあがろうとするところだった。かがり火がすぐ近くにあって、大勢のナルニアの生き物たちがそのむこう側にいたために、ティリアンには生き物たちが最初よく見えなかったが、もちろんたくさんの目に炎が映ってキラキラしているのは見えた。ちょうど車のヘッドライトにウサギやネコの目が光るような感じだ。ティリアンが位置についたとき、どらの音が止まって、左側から三人の人影が現れた。ひとりは、カロールメン人隊長のリシュダ・タルカーンだ。ふたりめはサルだ。リシュダの手を前足でつかんで、ぶつぶつと泣き言をつぶやいていた。

「そんなに急がないで。早く行かないでおくれ。私は具合が悪いのだから。頭が痛い。この真夜中の集会は、私にはつらくなってきているんだ。サルは夜ふかしに慣れてないからね。ネズミやコウモリじゃあるまいし――ああ、頭が痛い。」

　サルのむこうには、ネコのジンジャーがしっぽをまっすぐ立てて、しゃなりしゃなりと歩いていた。一行は、かがり火にむかっており、ティリアンのかなりそばまで来ていたので、ティリアンのいるほうに目をむけさえすれば、すぐにティリアンに気づいただろうが、幸いなことに、そちらを見ることはなかった。ティリアンは、リシュダが低い声でジンジャーにこう言うのを聞いた。

「さあ、ネコよ。位置につけ。じょうずに役を演じてもらおうじゃないか。」

「ミャウ、ミャウ。任せておいてください！」ジンジャーはそう答えると、かがり火のむこうへと歩きさり、集まった獣たちの最前列にならんですわった。観客席の一列めにすわったという感じだ。


というのも、いよいよ、すべてが劇場のようになってきたのだ。ナルニア人たちの群衆は、客席にすわる観客のようであり、かがり火が燃え、サルと隊長が群衆にむかって話そうと立っているところ――馬小屋の前の草の生えた小さな空き地――は、舞台のようだ。馬小屋自体が、舞台のうしろにある舞台背景さながらだ。ティリアンとその味方は、その舞台背景の裏から観客をのぞいている恰好《かっこう》になった。すばらしい位置だ。そこから前へ一歩でも出ていけば、観客全員の注目を一身に浴びることになる。ところが、馬小屋の壁のかげにかくれているかぎり、絶対気づかれることはないのだ。


リシュダ・タルカーンは、サルをかがり火のそばへ引きずっていった。ふたりは、群衆に面とむかった。ということはもちろん、ふたりは、ティリアンとその味方に背をむけたことになる。

「さて、サルよ」と、リシュダ・タルカーンは低い声で言った。「かしこい者たちが、おまえに言わせるべく教えたことばを言え。そして、頭をしゃんとあげろ。」そう言いながら、リシュダは、うしろから爪先《つまさき》でサルをつつくように蹴った。

「任せといてくれ」と、サルのシフトは、ぶつぶつ言ってから、しゃんとすわると、大きな声で、こう言いはじめた。

「さあ、聞け、みなの者。恐ろしいことが起こった。ひどいことだ。ナルニアはじまって以来の邪悪なことだ。アスランが――」

「タシュランだろ、ばか」と、リシュダ・タルカーンがささやいた。

「タシュランだ、もちろん」と、サル。「タシュランは、とても怒っていらっしゃる。」

この新たな、恐ろしいこととはなんなのか、獣たちが聞こうと待つあいだ、ぞっとするような沈黙があった。馬小屋のものかげにひそんでいるティリアンとその味方も、息を呑んだ。いったい、なんだというのだろう？

「そうだ」と、サル。「まさに今このとき、恐ろしきおかたご本人がわれらとともにいらっしゃるというのに――このうしろの馬小屋のなかにいらっしゃるのだ――一匹の邪悪なる獣が、あのかたが一千マイル遠くにいらしたとしても決してしないような、ふざけたまねをしでかした。そいつは、ライオンの皮に身をつつみ、アスランのふりをして、まさにこの森をうろつきまわっているのだ。」

　ジルは、サルの頭がどうかしてしまったのかと一瞬思った――真実をすっかりぶちまけてしまうつもりなの？　獣たちから、恐怖と怒りのうなり声が起こった。

「グルル！」とうなって、こう叫んでいる。「そいつは、どこのどいつだ？　どこにいる？　そいつに、噛みつかせてくれ！」

「ゆうべは、ここにいたが」と、サルは声を張りあげた。「いなくなってしまった。そいつは、ロバだ！　どこにでもいる、みじめなロバだ！　もし、そのロバを見たものがいれば――」

「グルル！」獣たちは、うなった。「つかまえてやる。噛みついてやる。おれたちに見つかったら最後だ。」

ジルは、王を見た。王の口はぽかんとあき、その顔は恐怖に満ちていた。それから、ジルは、敵の計画の悪魔のような狡猾《こうかつ》さを理解した。ほんの少しの真実をまぜることで、うそを強大なものとしてしまったのだ。こうなっては、ロバがライオンの恰好をさせられて、みんなをだましていたのだと告げたところで、なんの意味があるだろう？　サルは、「だから、そう言ったじゃないか」と言うだけだろう。みんなに、ライオンの皮をかぶったパズルを見せて、なんになるだろう。ずたずたにされてしまうだけだ。

「みごとに、出しぬかれたわけだ」と、ユースタスがささやいた。

「足をすくわれた」と、ティリアンは言った。

「ちくしょう。なんていうあざとさだ！」と、ポギンが言った。「この新しいうそは、ジンジャーが思いついたにちがいない。」

第十章　だれが馬小屋へ行くか？

ジルは、なにかが耳もとで、もぞもぞしているのを感じた。ユニコーンのジュエルが、馬の口で大きな息を出して、ささやき声でなにか言おうとしていたのだ。それを聞くとすぐ、ジルはうなずいて、ぬき足さし足で、パズルが立っているところへ行った。さっと静かに、ジルはパズルにつけられていたライオンの皮の最後のひもを切った。サルがあんなことを言ったからには、こんなものをつけているところを見つけられてはたいへんだ！　ジルは、皮をどこか遠くへかくしてしまいたかったのだが、重すぎてできなかった。せいぜい、しげみのなかに蹴りこむぐらいが関の山だった。それから、パズルについてくるように合図をして、ふたりは、みんなのところへもどった。

　サルが、また話している。

「そんなとんでもないことがあったので、アスラン――タシュラン――は、ものすごくお怒りになっている。これまであまりにも、おまえたちにやさしくしすぎたとのことだ。毎晩、おまえたちに姿を見せてやったりしてな！　いいか、もう姿をお見せにはならないそうだ。」

ガオウといううなり声と、ニャアという鳴き声と、キィーという悲鳴と、ぶうぶういうつぶやきとが、これに対する動物たちの答えだったが、突然、大きな笑い声が起こり、まったく別の声がこう言った。

「サルの言い分を聞くがいい」と叫んでいる。「こいつが大事なアスランを連れ出さないわけはわかっている。教えてやろうか。なぜなら、アスランなんかいないからだ。こいつには、最初から、ライオンの皮をかぶった老いぼれロバしかいなかったのさ。そいつがいなくなったから、こいつは、どうしていいか、わからないのさ。」

かがり火のこちら側にいるティリアンには、その顔がよく見えなかったのだが、どうやら、声の主は、こびとの隊長のグリッフルのようだ。一瞬後、こびとたちの声が歌うようにして唱和したとき、まちがいないと思った。

「どうしていいか、わからない！　どうしていいか、わからない！　どうしていいか、わからなあああい！」

「だまれ！」と、リシュダ・タルカーンが怒鳴った。「だまれ、泥の子どもらよ！　ほかのナルニア人たちも聞け。さもなければ、わがつわものたちに命じて、おまえらを斬って捨てさせるぞ。シフト卿《きょう》はすでに、邪悪なロバの話をした。そのロバのせいで、この馬小屋には本物のタシュランがいないと思うのか？　思うか？　気をつけろ、気をつけろ。」

「いいえ、いると思います」と、群衆のほとんどが言った。しかし、こびとたちが言った。

「そのとおりだ、黒い大将、まさにそういうことだ。さあ、サルよ、馬小屋のなかにいるものを見せてみな。百聞は一見にしかずだ。」

つぎの一瞬、沈黙があって、サルは言った。

「おまえら、こびとども、てめえは頭がいいと思ってるんだろ？　だが、あわてるんじゃない。おまえらにタシュランを見せないとは言っていない。見たいやつには、見せてやる。」

群衆全体が、しんとなった。それから、一分近くたってから、クマがゆっくりと、こまったような声を出した。

「よくわかんないんだけど」と、クマは、ぶつぶつ言った。「さっき、あんた、言ってたと思うんだが――」

「思うだと！」と、サルがくり返した。「おまえの頭のなかにあることを『思う』なんて呼べるもんか。いいか、ほかのものども。だれにでも、タシュランは見せてやる。だが、タシュランは外へ出てきたりしねえ。おまえらが、なかへ入って会わなきゃならないんだ。」

「ああ、ありがとうございます。ありがとうございます。ありがとうございます」と、多くの声がした。「それをねがっていたんです。なかへ入って、直接面会させていただきます。あのかたが親切にしてくだされば、なにもかもむかしどおりになる。」

　小鳥たちはおしゃべりをし、犬たちは興奮して吠《ほ》えた。すると、急に生き物たちが立ちあがって、あっという間に前へ進んで、馬小屋へ入ろうとするさわぎが起こった。ところが、サルが叫んだ。

「もどれ！　静まれ！　あわてるな！」

獣たちは止まった。多くのものは、片手を空中につき出し、しっぽをふり、首をかしげた状態だった。

「あんた、言ったと思うんだが――」と、クマが言いかけたが、シフトが口をはさんだ。

「だれでもなかへ入るがいい。だが、ひとりずつだ。だれが最初に入る？　タシュランはあまりやさしい気分ではないと言っている。先日の晩、悪い王を呑《の》みこんで以来、したなめずりをなさっている。今朝はかなり、うなっておられた。おれ自身は今晩、馬小屋に入りたいとは思わないね。だが、好きにするがいい。だれが最初に入る？　ぱくっと丸呑みにされても、おれを責めるなよ。タシュランの目を見て、その恐怖でこなごなになったって、おれは知らないぜ。自業自得ってやつだ。さあ、どうだ！だれが最初だ？ おまえら、こびとはどうだ？」

「カモさん、カモさん、殺されにおいでってかい？」と、グリッフルがあざけった。

「おまえらがそこになにをかくしてるか、わかったもんじゃないぜ。」

「ホー、ホー！」と、サルが叫んだ。「じゃあ、なかになにかいるって思いはじめたわけか、え？ おまえら獣は、ついさっきまで大さわぎしてたじゃないか。なんだって、だまってるんだ？ だれが最初に入る？」

しかし、獣たちは、たがいに顔を見あわせて、馬小屋から遠ざかりはじめた。しっぽをふるものも、ほとんどいない。サルは、あちこちよたよた歩きながら、あざけった。

「ホーホーホー！」と、クックッ笑っている。「タシュランとご対面したかったんじゃないのかい？ 気が変わったってか、え？」

ティリアンは、ジルがなにか耳打ちしようとしていることを聞こうと首をかたむけた。

「馬小屋のなかに、本当はなにがいると思いますか」と、ジルは言った。

「だれにわかるものか？」と、ティリアン。「ふたりのカロールメン人が抜き身の刀をかまえて、戸の両側にひそんでいるかもしれない。」

「ひょっとすると」と、ジル。「もしかすると……そのう……あたしたちが見たあの恐ろしいものだったりしないでしょうか？」

「タシュそのものということか？」ティリアンはささやいた。「それはわからない。勇気を持て。われわれは、みな、まことのアスランの前足のあいだにいるのだ。」

それから、とてもおどろくことが起こった。ネコのジンジャーが、おちつき払った、はっきりした声で、まったく興奮していないかのように、「よかったら、私がまいりましょう」と言ったのだ。

だれもが、ふり返って、ネコを見つめた。

「やつらの狡猾さを見てください、陛下」と、ポギンは王に言った。「あの呪われたネコはやつらの仲間です。悪だくみの張本人です。馬小屋になにがいようと、このネコは決して傷つかないでしょう。そして、ジンジャーは、また出てきて、おどろくべきことを目にしたとでも言うのでしょう。」

しかし、ティリアンには、答えるひまはなかった。サルが、ネコを前へ呼び出したのだ。

「ホー、ホー！」と、サル。「気取ったネコのおまえが、あのかたとご対面というわけか。じゃあ、入るがよい！　戸をあけてやろうじゃないか。おまえの顔から恐怖でひげが落ちても、おれのせいじゃないからな。自業自得だ。」

そこで、ネコは立ちあがり、群衆のなかから前へ出てきて、気取って、しっぽをぴんと立て、しゃなりしゃなりと、毛皮の毛一本も乱すことなくやってきた。かがり火を越えて、馬小屋の外壁に肩をつけてかくれているティリアンのかなり近くまで来たので、ティリアンは、ネコの顔をまっすぐ見ることができた。その大きな緑の目は、まばたきもしなかった。(「平気のへいざってやつだ。なにもこわいものはないって、わかってやがるんだ」と、ユースタスはつぶやいた。)サルは、クックッ笑いながら、しかめつらをしてみせて、ネコのそばをよたよた歩いた。前足をあげて、かんぬきをはずし、戸をあけた。ティリアンには、ネコが暗い戸口へ歩いていくとき、のどを鳴らす音が聞こえたように思えた。

「アイー、アイー、アウワアー」あまりにひどいネコの叫び声が聞こえて、だれもが飛びあがった。真夜中に屋根の上でネコがけんかをしたり、求愛したりしている声で目覚めたことがある人なら、その鳴き声がどんなか想像がつくだろう。

それよりもひどい声だった。サルは、馬小屋から全速力で飛び出してくるジンジャーにぶつかって、ひっくり返った。それがネコだとわかっていなければ、茶色の稲妻と思ったことだろう。ネコは空き地の草の上をさっと走って、群衆のなかへ消えた。そんな状態のネコに、だれも関わりあいになりたいとは思わない。動物たちは、右や左へよけた。ネコは木へさっとよじのぼり、パッと木の裏にまわりこみ、顔をひょいと下へつき出した。しっぽは、体ほど大きくふくれあがって、毛が逆立っている。目は、緑の火の皿のようだった。背中の毛はぜんぶ逆立っている。

「あのやろうが演技をしているだけなのか、それとも、ほんとにあそこにこわいものがあったのか、わかるもんだったら、このひげをやってもいい」と、ポギンがささやいた。

「静まれ、友よ」と、ティリアンが言った。隊長とサルもまたなにかひそひそ話していたので、それを聞きたかったのだ。サルが「頭が、頭が」と、また泣き言を言っているほかは、なにも聞きとれなかったが、このふたりが、ネコのようすに自分と同様にびっくりしていることはわかった。

「おい、ジンジャー」と、隊長が言った。「もうさわぐのはやめよ。なにを見たのか、言え。」

「アイイ――アイイ――アウ――ワアー」と、ネコはわめいた。

「おまえは、もの言う獣ではなかったのか？」と、隊長。「されば、そのひどい騒音をやめて、話すがよい。」

　そのあと起こったことは、かなりひどいものだった。ネコはなにか言おうとしていたのだが、その口から出るのは、イングランドの裏庭でふつうのみにくいネコが出すような、怒った、おびえた鳴き声でしかないと、ティリアンにはわかった。（ほかのものたちもそう思った。）ギャーギャー言えば言うほど、もの言う獣には見えなかった。ほかの動物たちからは、不安そうな鳴き声と、かすかにするどい悲鳴が聞こえてきた。

「ほら、ごらん！」と、イノシシの声がした。「あいつ、口がきけないよ。話しかたを忘れちまったんだ！　もの言わぬ獣に、もどっちまったんだ。あいつの顔を見てごらん。」

　だれもが、そのとおりだと思った。それから、ナルニア人にとって、最大の恐怖が襲った。だれもが――ヒナや子犬など小さいときに――アスランが世界創造の際にナルニアの獣たちを《もの言う獣》に変えたという話を聞かされ、そのとき、いい子にしていないと、またよその国にいるようなあわれな知恵のない動物にもどってしまうといましめられていたからだ。

「そのときが、今、やってきたのだ」と、みんなは、なげいた。

「お慈悲を！　お慈悲を！」と、獣たちは泣き叫んだ。「どうかお助けください、シフトさま。われわれとアスランとのあいだに立って、とりなしてください。私たちは、なかに入れません。入れません。」

　ジンジャーは、さらに木の高いところへと消えた。だれも二度とその姿を見ることはなかった。

　ティリアンは、剣の柄《つか》に手をかけ、うつむいて立っていた。その晩の恐怖にうちのめされていたのだ。すぐにも剣を抜いて、カロールメン人たちに襲いかかったほうがいいのではないかとも思ったが、つぎの瞬間、まだ待って、なにが起こるのかようすを見たほうがいいと考え直していた。そして、新たな展開が見えてきた。

「わが父よ」と、りんとした声が、群衆の左のほうからはっきりと聞こえた。ティリアンには、カロールメン人の声だとすぐわかった。ティズロック王の軍隊では、一兵卒は上官を「ご主人さま」と呼ぶが、士官たちは上司に「わが父」と呼びかけることになっていたからだ。ジルとユースタスはそのことを知らなかったが、あちこち見まわすうちに、声を発した人がわかった。というのも、もちろん、かがり火がまぶしすぎて、群衆の中央にいるひとたちはまっ黒に見えてしまうのに、はしのほうにいるひとは見やすかったからだ。その人は若く、背がすらりと高く、肌が黒くて、おごりたかぶったカロールメン人のなかでも、かなり美しい人だった。

「わが父よ」と、若者は隊長に言った。「私もなかへ入りたいと思います。」

「だまれ、エメスよ」と、隊長。「だれがおまえに口をきけと命じた？　若造のくせに無礼であろう。」

「わが父よ」と、エメスは言った。「たしかに私はあなたより若いですが、あなたと同様にタルカーンの血を引いており、私もまたタシュのしもべです。それゆえ……」

「だまれ」と、リシュダ・タルカーン。「私はおまえの隊長ではないのか。おまえは、この馬小屋となんの関係もない。これはナルニア人のものである。」

「いえ、わが父よ」と、エメスは応《こた》えた。「彼らのアスランと、われらのタシュは、ひとつであるとおっしゃいました。では、私がタシュとなんの関係もないと、なぜに言われますか。タシュのご尊顔を拝せるならば、一千の死をもよろこんで死にとうございます。」

「おろか者め。なにもわかっておらぬぞ」と、リシュダ・タルカーンは言った。「これは、高等なことがらなのだ。」

エメスの顔は、きっとなった。

「では、タシュとアスランとはひとつだというのは、まことではないのですか？　サルは、うそをついたのですか？」

「もちろん、ひとつだ」と、サルのシフト。

「誓え、サルよ」と、エメス。

「なんてこった！」と、シフトは泣き言を言った。「もういいかげんにしてくれないかなあ。頭が痛くてたまらん。わかった、わかった、誓うよ。」

「では、わが父よ」と、エメス。「私には、なかへ入る決意が完全にできております。」

「おろか者め」と、リシュダ・タルカーンは言いはじめたが、すぐに、こびとたちが叫びだした。

「行け、色黒。こいつをなかへ入れてやればいいじゃないか。なんでナルニア人を入れて、自分のところの人間は入れないんだ？　自分のところの人間には会わせたくないなにが、そこにいるっていうんだ？」

ティリアンとその味方には、リシュダ・タルカーンの背中しか見えなかったので、リシュダ・タルカーンが肩をすくめてこう言ったときの表情はわからなかった。

「この若いおろか者の血が流れることに、私が無実であることは、みなが見てのとおりである。なかに入るがいい、無鉄砲な少年よ。さっさとしろ。」

すると、ジンジャーがそうしたように、エメスは、かがり火と馬小屋のあいだの草地を歩いていった。その目は燃えており、その顔はとても厳粛で、その手は刀の柄にかかっていて、頭はまっすぐだった。ジルは、その顔を見たとき、叫びたくなった。ジュエルは、王の耳にささやいた。

「ライオンのたてがみにかけて、私は、この若き兵士にほれそうです。カロールメン人ではありますが。あの人には、タシュなんかよりもりっぱな神がふさわしい。」

「あのなかに、ほんとはなにがいるのか、わかったらなあ」と、ユースタスは言った。

エメスは戸をあけて、馬小屋のまっ黒な口へ入り、うしろで戸を閉めた。数分がたって――もっと長く感じられたが――また、戸が開いた。カロールメン人の鎧《よろい》を身につけた者がよろよろと出てきて、あおむけに倒れ、動かなくなった。戸が閉まった。

隊長はそこへ駈《か》けより、かがんで、その顔を見つめた。ハッとおどろきの声をあげた。それから、われに返って、群衆にむかって、呼ばわった。

「無鉄砲な少年は、その意をとげた。タシュを見て、死んだのだ。警告を受けろ、みなの者。」

「わかりました。わかりました」と、あわれな獣たちは言った。しかし、ティリアンとその味方は、死んだカロールメン人を見てから、顔を見あわせた。というのも、かなり近くにいたので、かがり火のむこうの遠くにいる群衆には見えなかったものが見えたからだ。この死んだ男はエメスではなかった。まったく別人の、年上の、もっと太っていて背の低い、大きなひげを生やした男だった。

「ホー、ホー、ホー」と、サルは笑った。「つぎはだれだ？　ほかに入りたいやつはいるか。どうもみんな、しりごみしているみたいだから、おれが選んでやろう。おい、おまえ、イノシシ！　来い。カロールメン人よ、あいつを追い立てろ。あいつに、タシュと面とむかってもらおうじゃないか。」

「ううむ」と、イノシシはうなって、のっそりと立ちあがった。「よしきた。おれの牙《きば》を試してみるがいい。」

この勇敢な獣が、命をかけた戦いの準備をしているあいだ、カロールメン人の兵士たちは、その三日月刀を抜いて、イノシシが逃げないように取りかこんだ。それをだれも助けようとしないのを目にしたティリアンのなかで、なにかがはじけた。今が踏みこむべきときかどうか、まよっている場合ではないと感じたのだ。

「剣を抜け」と、ティリアンは味方にささやいた。「矢をつがえよ。つづけ。」

つぎの瞬間、ナルニア人たちは、七人の姿が馬小屋の前へ飛び出すのを目にしておどろいた。四人は、かがやく鎖帷子《くさりかたびら》を身に着けている。王の剣は、頭上でふるわれ、火にきらりとひらめいた。王は大声で叫んだ。

「われこそはナルニアの王ティリアンなり。アスランの名において、タシュはおぞましき悪魔であり、サルはひきょうな裏切り者にて、これらのカロールメン人どもは万死に値することを、今この身をもって証明する。わが味方につけ、まことのナルニア人よ。新たな主人どもがおまえたちをひとりずつ殺していくのを待つつもりか？」

第十一章　さあ急げ

稲妻のごとき速さで、リシュダ・タルカーンは、王の剣の届かぬところへと、さっとさがった。リシュダは臆病《おくびょう》者ではなかったから、必要ならティリアンとこびとを相手に、たったひとりで戦いを挑んだだろう。しかし、同時にワシとユニコーンも相手にするわけにはいかない。ワシは、敵の顔へ飛びこんできて、その目をつつき出したり、翼で顔をおおってなにも見えなくしたりしてしまうとわかっていた。リシュダは、自分の父から（ナルニア人と戦ったことがあったのだ）、弓矢か長い槍《やり》でもないかぎり、ユニコーンに勝てる者はいないと教わっていた。なにしろ、ユニコーンは、うしろ足で立ちあがって相手におおいかぶさるように襲い、ひづめと角《つの》と歯でいっぺんに攻撃してくるのだから、たまったものではない。そこで、リシュダは群衆のなかへ走りこみ、声を張りあげた。

「ティズロック王の――国王陛下万歳！――つわものども、味方につけ、味方につけ。タシュランの怒りがふりかからぬよう、忠実なるナルニア人よ、味方につけ。」

そのあいだに、ふたつのことが同時に起こっていた。サルは、自分の身があぶないことに、リシュダほどすぐ気づいていなかった。一、二秒のあいだ、新たにやってきた連中を、かがり火のそばでじっと見てすわっていた。そこで、ティリアンは、このみじめな生き物に襲いかかり、首根っこをつかまえると、馬小屋へ駈けもどって叫んだのだ。

「戸をあけろ！」

　ポギンが戸をあけた。

「なかで、自分の薬を飲むがいい、シフト！」ティリアンはそう言うと、サルを暗闇のなかへ放りこんだ。こびとがまた戸をバタンと閉めると、目がつぶれそうなくらいまぶしい緑っぽい青い光が馬小屋のなかから発せられ、大地が揺れ、奇妙な音がした。なにか怪物のような鳥のしわがれ声のような、めんどりがさわぐときの悲鳴のようなコッコッという声がした。獣たちはうめき、うなり、叫んだ。

「タシュランだ！　こわいよう！」多くが地面に伏せて、翼や前足で顔をかくすものがたくさんいた。だれよりも目がきくワシのファーサイト以外、そのときのリシュダ・タルカーンの顔に気づかなかった。ファーサイトだけが、リシュダもやはりおどろいていて、ほかのみんなと同様におびえていると見てとった。

「こうして、信じてもいない神を呼び寄せたサルが消えた」と、ファーサイトは考えた。「もし神々が本当に現れたなら、リシュダはどうなるのだろうか？」

三つめに起こったのは――ほとんど同時に起こったのだが――その夜、ただひとつ美しいできごとだった。この集会のなかのもの言う犬という犬が（十五匹いた）、うれしそうに吠《ほ》えながら、王の側へ駈けつけてくれたのだ。がっしりとした肩をして、重たいあごをした大きな犬がほとんどだった。犬たちがやってくるようすは、海岸に大波が押し寄せるようだった。うっかりすると倒されそうだ。もの言う犬とは言っても、やはり犬なのだから。それが、いっせいに立ちあがって、人間の肩に前足をついて、顔をなめ、声をそろえて言うのだ。

「ようこそ！　ようこそ！　ぼくらは味方です、味方です。助けます。助けます、助けます。どうすればいいですか。教えてください。どうすれば？　今すぐでも、かまわん、わん、わん。」

あまりにもすてきで、泣きたいくらいだった。ついに、望んでいたことが起きたのだった。そして、一瞬後、何匹かの小さな動物（ネズミや、モグラや、リスといったもの）が、パタパタと、うれしそうに鳴きながらやってきて、「ほら、ほら、私たちは、ここです」と言った。あとから、クマとイノシシも来ると、ユースタスは、結局のところ、なにもかもうまくいくのではないかという気がしてきた。けれども、ティリアンは、あたりを見まわして、やってきた動物があまりにも少ないとわかった。

「味方せよ！　味方せよ！」と、ティリアンは叫んだ。「私がきみたちの王であったときとちがって、みな、臆病者になってしまったのか？」

「こわいんです」と、たくさんの声がめそめそしながら答えた。「タシュランが怒ります。ぼくらをタシュランから守ってください。」

「もの言う馬たちはどこだ？」と、ティリアン。

「見ました、見ました」と、ネズミがチューチュー言った。「サルが働かせていました。みんな、しばられています。丘のふもとに。」

「それでは、小さきものたちよ」と、ティリアン。「かじるものたちよ、木の実をくだくものたちよ、大急ぎで行って、馬たちが味方につくか、たしかめよ。味方につくなら、縄をかじって、馬たちを自由にし、ここへ連れてくるのだ。」

「よろこんで、陛下」と、小さな声が答えると、するどい目と歯をしたものたちは、しっぽをひとふりして立ちさった。ティリアンは見送りながら、いとおしさに、ほほえんだ。けれども、ほかのことも考えなければならない。リシュダ・タルカーンはすでに命令をあれこれと出していたのだ。

「前進」と、タルカーンは言った。「できれば全員生け捕りにして、馬小屋へ放りこめ。あるいは、なかへ追いこめ。全員入ったら、火を放ち、偉大な神タシュへのささげものとするのだ。」

「ふん!」と、ファーサイトはひとりごとを言った。「そうやって、自分がタシュを信じていなかったことを、タシュに赦《ゆる》してもらおうというのだな。」

敵の前線——リシュダ軍の半分ほど——は、今や前進してきていて、ティリアンは、自分の命令を出すひまがほとんどなかった。

「左翼へつけ、ジル。そして、敵がやってくる前に、できるかぎり矢を射てくれ。イノシシとクマはそのとなりへ。ポギンは私の左、ユースタスは私の右につけ。右翼をたのむぞ、ジュエル。パズル、援護をしろ。ひづめを使うんだ。ファーサイトは、舞いあがって、打ちかかってくれ。きみたち犬は、われわれの背後にいてくれ。剣での切りあいがはじまったら、突入するのだ。アスランのご加護を!」

ユースタスは、心臓をものすごくドキドキさせながら立ち、自分が勇敢になれるといいんだけどと、ねがっていた。隊を成してやってくる、あの目の光る黒い顔の男たちほど血が凍るようなものは見たことがなかった。(ドラゴンも、海ヘビも見たことはあったのだが。)十五人のカロールメン人と、もの言うナルニアの牡牛《おうし》と、キツネのスリンキーと、サテュロスのラッグルがいた。それから、左のほうで、ビュン、ドサという音が聞こえ、カロールメン人がひとり倒れた。また、ビュン、ドサがあって、サテュロスが倒れた。

「おお、よくやった、娘よ!」と、ティリアンの声。そのあと、敵が襲いかかってきた。

ユースタスには、つぎの二分間になにが起こったのか思い出せなかった。なにもかも夢のようで（熱が三十七・八度を超えたときに見るような夢だ）、やがてリシュダ・タルカーンの声が遠くでこう叫ぶのが聞こえた。

「退却。ここへ戻れ。編制を組み直す。」

ユースタスは、はっとわれに返って、カロールメン人たちがあわてて味方のところへ逃げるのを見た。しかし、全員ではない。ふたりは、ジュエルの角でつらぬかれて死んで倒れており、ひとりはティリアンの剣に倒されていた。キツネがユースタスの足もとで死んでおり、ユースタスは、自分が殺したのかなと思った。牡牛も、ジルの矢で目を射ぬかれ、わき腹をイノシシの牙《きば》にさされて倒れている。しかし、こちら側にも犠牲者がいる。三匹の犬が殺され、四匹めがうしろのほうで三本の脚でぴょんぴょんと歩いて、クンクンと鳴いている。クマは地面に横になって、ほとんど動かない。それから、のどからしぼり出すように、「わ——わからないよ」と最後までとまどった声を出し、その大きな頭を、子どもが寝つくときのように静かに草の上に置いて、二度と動かなくなった。

実のところ、敵の最初の攻撃は失敗に終わったのだ。ユースタスは、あまりよろこべなかった。あまりにものどが渇いていて、腕もひどく痛んだ。

負けたカロールメン人たちが隊長のもとへもどっていくとき、こびとたちが、それをはやしたてた。

「もう、じゅうぶんかい、色黒さんたちよ？　もうこりごりか？　あんたらの偉大なタルカーンは、おまえらを殺しに送り出さないで、自分で戦ったらどうなんだい？　かわいそうになあ！」

「こびとよ」と、ティリアンが叫んだ。「ここに来て、舌ではなく、剣を使え。まだ時間はある。ナルニアのこびとよ！　おまえたちが、じょうずに戦うことはわかっている。われらの味方にもどれ。」

「へえんだ！」と、こびとたちは、あざけった。「ふざけんな。おまえは、ほかのやつらとおんなじペテン師だろ。おれたちゃ、もう王さまなんか要らないんだ。こびとは、こびとで、やってくさ。あっかんべえ、だ！」

それから、太鼓が鳴りだした。今度は、こびとの太鼓ではなく、大きな牡牛の皮が張られたカロールメン軍の太鼓だ。子どもたちは、聞いたとたん、嫌な音だと思った。

ドーン――ドーン――ドンドカドーン。

けれども、その意味がわかったら、もっと嫌いになったことだろう。ティリアンには、わかっていた。それは、ほかのカロールメン軍がどこか近くにいて、リシュダ・タルカーンがその軍を救援に呼ぶ太鼓だったのだ。ティリアンとジュエルは、悲しげに顔を見あわせた。その夜、勝てるかもしれないと思いはじめたところだったのに。新手の敵がやってくるなら、なにもかも終わりとなるだろう。

ティリアンは、絶望してあたりを見まわした。何人かのナルニア人たちがカロールメン側にいた。裏切ったか、あるいは《タシュラン》がほんとにこわかったのだろう。ほかのナルニア人たちは、どちらの側にも味方しないようすで、じっと見守っている。でも、さっきより動物たちは減っている。群衆はずいぶん小さくなっていた。明らかに、何人かが、戦いの最中にこっそりといなくなっていたのだ。

ドーン――ドーン――ドンドカドーンと、あの恐ろしい太鼓が鳴った。それから、別の音がそれにまじりだした。

「聞いて！」と、ジュエルが言い、つづけて「見ろ！」と、ファーサイトが言った。一瞬後、それがなんであるかわかった。ひづめを雷のように鳴らし、頭を高くつきあげ、鼻のあなを大きくして、たてがみをふりながら、ナルニアのもの言う馬たち二十頭が丘を駈《か》けあがってきたのだ。かじるものたちが、その仕事をやりとげたのだ。

こびとのポギンと子どもたちは、歓声をあげようとして口をあけたが、歓声は出なかった。突然、ビュンという弓の音と、ヒュンという矢の音が、空中いっぱいに満ちた。矢を射かけているのは、こびとたちだ――一瞬、ジルは自分の目が信じられなかった――ナルニアの馬たちを射ているのだ。こびとたちは、恐ろしいほど腕のいい射手だった。馬は、つぎつぎと、ころがるように倒れていった。その気高い獣のうち一頭も、王のところまでたどりつけなかった。

「小さな卑劣なやろうどもめ。」ユースタスが地団駄を踏みながら叫んだ。「きたない、いやらしい、裏切り者の、小さなけだものめ。」

ジュエルさえもが言った。

「陛下、あのこびとどもを追いかけて、ひとつきごとに、十人ずつ刺し殺してきましょうか?」

けれども、ティリアンは、石のように厳しい顔つきのまま、言った。

「じっとしていろ、ジュエル。泣くのなら、愛《いと》しい人よ(これはジルに言っているのだ)、顔をそむけて、弓の弦をぬらさぬようにせよ。そして、静かにしろ、ユースタス。ごちゃごちゃ言うな。まるで台所女だ。まことの戦士は小言を言わぬ。礼儀正しいことばか、さもなければ、強き打撃こそが、われらのことばぞ。」

ところが、こびとたちは、ユースタスをやじり返した。

「びっくりしたかい、ぼうや、え? おれたちが、そっちの味方だと思ってたんだろ? とんでもない! もの言う馬たちなんて、要らないんだよ。あっちと同様、あんたたちにも勝ってほしくないんだ。おれたちをだまそうったって、そうはいかない。こびとは、こびとで、やってくさ。」

リシュダ・タルカーンは、まだ部下たちになにやら話している。疑いようもなくつぎの攻撃の手はずを整えているのだろうが、おそらくは、全軍を最初の攻撃に送りこんでいればよかったと思っているのだろう。太鼓が鳴りつづけている。そのとき、ティリアンとその味方がぞっとしたことに、遠くからずっとかすかに、それに応《こた》える太鼓の音がした。別のカロールメン軍が、リシュダの合図を聞きつけ、助けに来ようとしているのだ。ティリアンが、もはやこれまでと思ったことは、その顔からはわからなかった。

「聞け」と、ティリアンは、おちついた声でささやいた。「今、攻撃をかけなければならない。むこうの悪党どもがその軍を増強する前に。」

「陛下」と、ポギン。「ここであれば、背後に馬小屋の木の壁があり、守りとなります。前進すれば、敵にかこまれ、背後からも襲われましょうぞ。」

「敵の計画が、われらをあの馬小屋のなかへ押しこもうというものでなかったら、おまえの言うとおりだと思う、こびとよ」と、ティリアンは言った。「だが、あの死の戸から遠ざかれるだけ遠ざかったほうがよかろう。」

「王さまの言うとおりでございます」と、ファーサイト。「あの呪われた馬小屋から離れるのです。どんなゴブリンがなかに住んでいるか、わかりはしないのだから。」

「そうだ、そうしよう」と、ユースタス。「あの小屋、見るのも嫌になったよ。」

「よかろう」と、ティリアン。「では、左のほうを見てくれ。かがり火の光で大理石のようにきらめく巨大な岩が見えるな。乙女よ、そなたは、われらが左翼へ出て、敵陣へできるかぎり速く射かけてくれ。そして、ワシよ、そなたは右翼から、敵の顔めがけて飛びこんでくれ。その間に、われわれは突撃する。われわれが近すぎて、味方を射るおそれが出てきたら、ジル、あの白い岩のところへもどって待っていてくれ。ほかのものは、戦っているあいだ、よく耳をすましているのだ。数分で敵を追い散らすことができなければ、勝てない。こちらのほうが少ないのだから。私が『退け』と叫んだら、白い岩のジルのところへ走れ。そこで、背後に守りがあるところで、しばし息をつく。さあ、行ってくれ、ジル。」

ひどくひとりぼっちだと思いながら、ジルは六メートルほど駆けていき、右足を引いて、左足を前へ出し、弓に矢をつがえた。両手がこんなにふるえていなきゃいいのに、と、ジルは思いながら矢を放った。

「今のは、ぜんぜんだめだわ！」

最初の矢が敵のほうへ飛び、その頭上を越えていったときに、ジルは言った。けれども、つぎの瞬間には、もう矢を新たにつがえていた。スピードが重要だということはわかっていた。なにか大きくて黒いものが、カロールメン人たちの顔に飛びこんでいくのが見えた。ファーサイトだ。ひとり、またひとりと、刀をとり落として、両手で目を守ろうとしている。それから、ジルの矢がひとりに当たった。つぎの矢は、ナルニアのオオカミにささった。どうやら、敵の味方をしていたようだ。しかし、ジルは数秒後には、射るのをやめなければならなかった。剣をきらめかせ、イノシシの牙《きば》とジュエルの角を光らせ、犬たちの大きな吠《ほ》え声とともに、ティリアン軍が、百メートル走の選手のように、敵につっこんでいったのだ。ジルは、カロールメン軍の態勢がまったくなっていないのに、おどろいた。それは、ジルとワシのおかげだということに気づいていなかったのだ。一方から顔に矢を射かけられ、他方からワシにつつかれていては、正面をしっかり見る余裕など、どんな軍隊にもありはしないのだ。

「ああ、いいわ。よくやったわ！」ジルは叫んだ。王の軍は、まっすぐ敵のなかへ切りこんでいく。ユニコーンは、鍬《くわ》で干し草を投げあげるように、敵を投げあげている。ユースタスでさえ、ジルには、すばらしい戦いぶりを見せているように思われた。

(ジルは、剣術をあまり知らなかったのだ。)犬たちがカロールメン人たちののどぶえに襲いかかっている。うまくいきそうだ！　ついに勝利が——

恐ろしい、ぞっとする衝撃とともに、ジルは、ある不思議なことに気づいた。カロールメン人は、ナルニアの剣がふるわれるたびに倒れてはいるが、その数はぜんぜん減らないのだ。実のところ、戦いがはじまったときより多くなっている。刻一刻と増えている。あちこちから駈けあがってくる。新たなカロールメン人たちだ。槍《やり》を持っている。あまりにもたくさんいるので、味方が見えないほどだ。そのとき、ティリアンの叫び声が聞こえた。

「退け！　岩へ！」

敵は援軍と合体したのだ。太鼓がその役目を果たしたのだ。

第十二章

馬小屋の戸のむこうへ

ジルはとっくに白い岩のところにもどっていなければならなかったのだが、戦いに見とれていて、すっかり命令のことを忘れていた。今、思い出して、すぐにむきを変えて走りだし、ほかのみんなが着く一秒前になんとか着いた。こうして、だれもが一瞬のあいだ、敵に背を見せていた。岩に着いたとたん、みんなはうしろをふり返った。恐ろしい光景が目に飛びこんできた。

ひとりのカロールメン人が、足をばたつかせてもがいているなにかを持ちあげて、馬小屋のほうへ走っていく。その男が、岩とかがり火のあいだを通るとき、男と、運ばれているものの形がはっきりと見えた。それは、ユースタスだった。

ティリアンとユニコーンが、救出に飛び出した。けれど、カロールメン人のほうが、ずっと馬小屋の戸に近いところにいた。ティリアンたちが半分の距離も行かないうちに、男はユースタスをなかへ放りこみ、戸を閉めてしまった。さらに六人ほどのカロールメン人たちが駆けつけ、馬小屋の前の空き地で戦列を作った。もう戸に近づくことはできない。

そのときでさえ、ジルは顔をそむけて、弓をぬらさないことを忘れなかった。

「泣くのをやめられなくても、弓はぬらさないわ。」

「矢に気をつけて」と、ふいにポギンが言った。

だれもが首をすくめ、兜《かぶと》を鼻まで引いた。犬たちは、うしろでうずくまった。けれども、数本の矢はこちらに飛んできたが、こちらをねらったものではないとすぐわかった。グリッフルらこびとたちが、また矢を射かけているのだ。今度は、カロールメン人たちを冷静に射ている。

「その調子だ、みんな！」と、グリッフルの声。「いっせいにだ。慎重に。サルだの――ライオンだの――王さまだのが要らないように、色黒連中もお呼びじゃないからな。こびとは、こびとで、やってくさ。」

こびとについてなにを言おうと、勇敢でないとだけは言えない。さっさと安全な場所へ逃げることだってできたのだ。なのに留《とど》まって、両軍を攻撃している。両軍がたがいに殺しあって、こびとたちの手間をはぶいてくれているときは、おとなしくしているが。こびとたちは、ナルニアを自分たちのものとしたいのだ。

こびとたちが考えに入れていなかったことは、ナルニアの馬たちはまるはだかだったのに対して、カロールメン人たちは鎖帷子《くさりかたびら》を身に着けていたことだろう。それに、カロールメン人たちには指揮官がいた。リシュダ・タルカーンの声がひびく。

「そこの三十人は、白い岩のところにいるあほうどもを見張っていろ。残りは、私についてこい。あの大地の息子どもに思い知らせてやろう。」

　ティリアンとその味方は、戦いのせいでまだ息があがっていて、数分の休憩をありがたく思っていたが、立ちあがって、タルカーンがこびとたちにむかって軍を率いていくのを見守った。今となっては、不思議な光景だった。火は下火になっている。かがり火が放つ光は、かすかで、暗い赤色をしていた。見わたすかぎり、集会場の空き地には、こびとたちとカロールメン人たちのほか、だれもいない。その光のなかでは、なにが起こっているのかあまりよく見えなかった。こびとたちが善戦しているような音がした。グリッフルがおぞましいことばを使っているのがティリアンには聞こえ、ときどきタルカーンが「全員生け捕りにしろ！　生け捕りだ！」と叫んでいた。

　その戦いがどんなものであったにせよ、長くはつづかなかった。騒音もかすかになっていく。そのとき、ジルは、タルカーンが馬小屋のところへもどってくるのを見た。十一人の部下が、十一人のしばられたこびとたちを引きずっている。（残りが殺されたのか、逃げたのかはわからない。）

「タシュの神殿へ放りこめ」と、リシュダ・タルカーンが言った。

　十一人のこびとたちが、つぎつぎに暗い戸口へと投げこまれ、蹴りこまれると、戸はふたたび閉められ、タルカーンは馬小屋へ深々と頭をさげて言った。

「これを燃やして、ささげものといたします、タシュさま。」

するとカロールメン人全員が、刀の平を盾にたたきつけながら叫んだ。

「タシュ！　タシュ！　偉大なる神タシュ！　冷酷なるタシュ！」（こうなると、《タシュラン》などとばかげたことは言われなかった。）

白い岩のそばのティリアンとその味方は、このありさまを見守り、ささやきあった。岩の上から水がしたたっているのに気づいて、みんなごくごく飲んだ――ジルとポギンと王は両手ですくって飲み、動物たちは岩の下にできた小さな水たまりから、なめた。あまりにものどが渇いていたものだから、生まれてこのかた、こんなおいしいものは飲んだことがないと思えた。飲んでいるあいだは、完全に幸福で、ほかのことはなにも考えられなかった。

「夜明けがくるまでに、おいらたちみんな、ひとりずつ、あの黒い戸をくぐることになると思うよ」と、ポギン。「そんな死にかたは、できればしたくないもんだなあ。」

「たしかに、陰鬱《いんうつ》な戸だ」と、ティリアン。「口のように見える。」

「ねえ、なんとかして止められない？」ジルがふるえる声で言った。

「いや、美しき友よ」と、ジュエルは、やさしくジルに鼻をこすりつけながら言った。

「私たちにとって、あれがアスランの国への入り口で、今晩はアスランのテーブルで食事をすることになるのかもしれませんよ。」

リシュダ・タルカーンは、馬小屋に背をむけて、白い岩の前へゆっくりとやってきた。

「聞け」と、タルカーン。「イノシシと犬どもとユニコーンがこちらへ来て、わが慈悲にすがるならば、その命は助けてやろう。イノシシはティズロック王の庭の檻《おり》に入り、犬どもはティズロック王の犬小屋へ行き、ユニコーンは、その角を切り落とされて、荷車を引くことになる。だが、ワシと子どもたちと、かつて王だったものは、今夜タシュへのいけにえとなる。」

返事は、うなり声だけだった。

「かかれ、つわものどもよ」と、タルカーン。「獣を殺せ。だが、二本足の連中は、生け捕りにせよ。」

それから、ナルニアの最後の王の最後の戦いがはじまった。

敵の数が多すぎること以外にも、戦いを絶望的にしたのは、槍《やり》だった。サルとともにいたカロールメン人たちは、最初槍を持っていなかった。平和な商人のふりをして、少しずつナルニアに入りこんできたからだ。槍はかくしようがないから、当然持ってこなかったのだ。新しい連中は、サルがすでに強大になり、おおっぴらに進軍できるようになってから、やってきたのだろう。槍があると、ぜんぜんちがう。長い槍があれば、牙《きば》や角がこちらに届く前に、イノシシやユニコーンを殺すことができる。おちついて、槍をすばやく動かせばの話だが。そして今、水平にかまえられた槍が、ティリアンとその最後の味方にむかってせまってくるのだ。つぎの瞬間、全員、命のかぎり戦っていた。

考えようによっては、それほどひどくはないと言えたかもしれない。すべての筋肉を最大限に使っているとき——こちらの槍の先をサッとよけ、あちらの槍を飛び越え、前へつっこみ、うしろへ引き、ぐるりとまわっているとき——こわいとか悲しいとか思っているひまはないものだ。ティリアンは、味方のために今はなにもしてやれないと感じていた。みんな、一蓮托生《いちれんたくしょう》なのだ。イノシシが一方で倒れていき、ジュエルが反対側で必死に戦っているのが、ぼんやりと見えた。片目のはしから、カロールメンの大男がジルの髪の毛をつかんでどこかへ連れていこうとしているのが見えたが、なにもできない。ティリアンには、妄想したことを考えることすらできないでいた。ただ、ひとりでも多く敵を倒して死んでいくことしか考えていなかった。最悪だったのは、戦いはじめたときにいた白い岩から、どんどんと離れていくことだった。一ダースもの敵を相手に戦うときは、どんなチャンスもつかまなければならない。すきありと見れば、敵の胸や首に飛びかからなければならない。すると、数度剣をふるうだけで、さっきいた場所からずいぶんと離れてしまうものだ。ティリアンは、やがて、自分がどんどん右へずれ、馬小屋に近づいていることに気づいた。馬小屋から離れていたほうがいい理由があったようにぼんやりと感じるのだが、思い出せない。とにかく、考えている場合ではなかった。

突然、なにもかもがはっきりした。いつのまにかティリアンは、タルカーンその人と戦っていることに気づいた。かがり火（だったもの）が正面にある。ティリアンは、なんと馬小屋のまさに戸口に足を踏み入れながら戦っていた。戸はあけられていて、ティリアンがなかに入ったらすぐに戸を閉めてやろうと、ふたりのカロールメン人が戸を押さえてかまえている。なにもかもが思い出された。そして、この戦いがはじまってからというもの、敵はなんとか自分を馬小屋へ追いこもうとしているのだ。そんなことを考えながらも、まだ必死でタルカーンと戦っていた。

新たな考えが、ティリアンの頭に浮かんだ。ティリアンは剣を落とし、前へつっこみ、タルカーンの三日月刀がぐるりとふるわれる下をかいくぐって、両手で敵のベルトをがっしとつかみ、敵もろとも馬小屋のなかへ飛びこみながら叫んだ。

「なかに入って、自分でタシュと対面するがいい！」

耳をつんざく音がした。サルが投げこまれたときと同様、大地が揺れ、ひどくまぶしい光がはじけた。

カロールメン人の兵士たちが外で叫んでいる。

「タシュ！　タシュ！」

そして、戸がバタンと閉められた。タシュが自分たちの隊長を求めているのなら、その望みどおりにせねばならない。いずれにせよ、兵士たちはタシュと会いたくなかったのだ。

しばらくのあいだ、ティリアンは、自分がどこにいるのか、自分がだれなのかさえ、わからなくなった。それから、自分をおちつかせ、目をしばたたかせ、あたりを見まわした。馬小屋のなかは、思ったように暗くはなかった。強烈な光があったのだ。それで、目をしばたたかせたのだった。

リシュダ・タルカーンを見ようとしてふり返ったが、タルカーンはこちらを見ていなかった。ひどく泣き叫んで、なにかを指さしている。それから両手で顔をおおい、地面に顔からばったり倒れてしまった。ティリアンは、タルカーンが指さしたほうを見た。そして、理解した。

恐ろしい姿をしたものが、こちらへやってくる。塔で見たときよりも小さかったが、それでも人間よりは大きく、それはタシュ神そのものだった。ハゲワシの頭をし、腕が四本ある。くちばしは開いていて、両目が火のように燃えている。その口から、しわがれた声がした。

「そなたが私をナルニアに呼んだのだ、リシュダ・タルカーンよ。私は来たれり。なんの用だ？」

しかし、タルカーンは、地面から顔をあげることもしなければ、一言もことばを発しもしなかった。ひどいしゃっくりが止まらない男のように、ふるえていた。戦場では勇敢なのに、その夜、本物のタシュ神がいるのではないかと考えはじめたとき、その勇気の半分は失《う》せていたのだ。残りの半分は今、失せた。

タシュは、急に――めんどりが身をかがめて虫をつつくように――パッと動くと、あわれなリシュダにひょいと飛びかかって、左の二本の腕にだきかかえた。それから、タシュは、その恐ろしい目の一方でティリアンを見つめるために、顔を横へずらした。というのも、鳥の頭をしているので、正面をむいたままでは見えなかったからだ。しかし、たちまち、タシュのうしろから、夏の海のようにおだやかで力強い声がした。

「立ちされ、怪物よ。おまえのしかるべきえじきを、自らの場所へ持ち帰るがよい。アスランの名にかけて、そしてアスランの偉大なる父、海のむこうの皇帝にかけて命じる。」

恐ろしい化け物は、タルカーンをかかえたまま、消えた。そして、ティリアンは、だれの声だったのだろうと、ふり返った。そのとき目にしたものは、ティリアンの胸を高鳴らせた。これまでのどんな戦いでも、これほど心臓が早鐘を打ったことはない。

七人の王と女王が、頭に王冠をいただいて、きらめく衣装を着て、前に立っている。王たちは、うすい鎖帷子《くさりかたびら》も身に着け、抜き身の剣を手にしている。ティリアンは礼儀正しくおじぎをして、口をきこうとしたとき、いちばん若い女王が笑った。その顔をじっと見て、びっくりして息を呑んだ。知っている顔だったのだ。ジルだ。しかし、ついさっきティリアンが目にした、古いじょうぶな雲斎織《ドリル》のジャンパースカートの一方の肩ひもがはずれかけて、顔じゅう泥と涙でよごれていたジルではない。まるでおふろにでも入ってきたかのように、さっぱりとして、すましていた。最初、少しおねえさんになったような気もしたのだが、そうでない気もして、どちらとも決めかねた。それから、王のなかでいちばん若いのは、ユースタスだと気づいた。しかし、ユースタスもまた、ジルのように、すっかり変わっていた。

　ティリアンは、ふいに自分が戦いの血やほこりや汗だらけのまま、この人たちの前に出たのがとてもはずかしく思えてきた。つぎの瞬間、自分は、そんな状態ではないことに気づいた。さっぱりしていて、すずしげで、きれいで、ケア・パラベルの大宴会で着てみたいと思うような服を着ているのだった。（けれど、ナルニアでは、よい服というのは、着心地の悪いものではない。ナルニアには、見栄えもよければ、着心地も抜群という服を作る技術があるのだ。服をかたくする糊とか、フランネルとかゴムとかいったものは、ナルニアのはしからはしまで探しても見つからない。）

「陛下」と、ジルが前へ出てきて、美しい、ひざを折るおじぎをして言った。「ナルニアの王のなかの最大の王であるピーター王にご紹介させてください。」

ティリアンは、夢で見たその顔を覚えていたので、どれが最大の王かたずねるまでもなかった。（ただ、実際は、もっと気高い顔つきだった。）ティリアンは前へ出て、片ひざをつき、ピーターの手にキスをした。

「最大の王よ。ようこそ、いらっしゃいました。」

最大の王は、ティリアンを立たせ、最大の王らしく、ティリアンの両ほおにキスをした。それから、最も年上の女王のところへ連れていった――とは言え、年をとっているわけではなく、白髪もなければ、ほおにしわもない――そして、言った。

「陛下、こちらが、最初の日、アスランが木々を育たせ、獣たちに口をきかせたその日に、ナルニアへお入りになった貴婦人ポリーです。」

つぎに紹介されたのは、胸まで金色のひげをたらし、かしこそうな顔つきをした男性だった。

「こちらは、ディゴリー卿《きょう》。その日、貴婦人ポリーといっしょだったかたです。そして、こちらがわが弟、エドマンド王。そして、こちらが妹のルーシー女王です。」

「陛下」と、ティリアンは、全員に挨拶《あいさつ》をしてから言った。「私が年代記を正しく読んでいたなら、もうひとりいらしたはずです。陛下には妹さんがおふたりいらっしゃいませんでしたか？　スーザン女王はどちらです？」

「妹のスーザンは、」と、ピーターは簡潔に重々しく言った。「もはやナルニアの友ではない。」

「はい」と、ユースタス。「ナルニアについていっしょに話をしようとしたり、ナルニアについてなにかしようとしたりしても、あの人は、『なんてすばらしい記憶を持ってるの！　私たちが子どものころに遊んだあのおかしなゲームのことをまだ考えているなんて、へんよ』なんておっしゃるのです。」

「ああ、スーザン！」と、ジルが言った。「あの人がこのごろ興味を持っているのは、ナイロンのストッキングやら口紅やらパーティーへの招待状ばかり。いつだって、大人になりたくってしょうがなかったんだから。」

「大人、ねぇ」と、貴婦人ポリー。「スーザンにはもっと内面的に成熟して、本当の意味で大人になってほしいわ。今の年齢になりたくって、学生時代をすっかりむだにしたけれど、今度は、今の年齢のままでいたくて、これからの人生をすっかりむだにするでしょうね。あの人の考えていることといったら、人生の最もばかげた時代にできるだけ早く到達して、できるだけそこに留《とど》まっていたいということだけなんですもの。」

「いや、もうその話はやめよう」と、ピーター。「ごらん！　ここにすてきなくだものの木々がある。味わってみようじゃないか。」

そのときになって、はじめて、ティリアンは、あたりを見まわして、この冒険がなんておかしなものだったのだろうと思ったのだった。

第十三章

だまされまいとする、こびとたち

ティリアンは、自分が小さなわらぶきの馬小屋のなかにいるのだと思っていた――いや、そう思うひまがあったら、思っていたはずということだ。馬小屋は、三メートル七十センチほどの奥行きと、一メートル八十センチほどの幅しかないはずだ。ところが、実際のところ、みんなが立っているのは芝生のうえで、頭上には、紺碧《こんぺき》の空がひろがり、顔にやさしくふきつける風は初夏の風のようだ。さほど遠くないところに、こんもりとした森があったが、そのどの葉の下からも、私たちの世界ではだれも見たこともないようなくだものが顔をのぞかせていた。金色や、うす黄色や、むらさき色や、まっ赤な色をしたくだものを見て、ティリアンは、今は秋にちがいないと感じた。しかし、そよ風のなかのなにかが、六月よりも前だと告げている気もする。ティリアンたちは、木々のほうへ行った。

だれもが、自分の好きなくだものをもごうと手をあげて、一瞬、手を止めた。あまりにも美しいくだものなので、「これは私が食べてよいものではない……採ってはいけないのではないか」と感じられたのだ。

「だいじょうぶだよ」と、ピーター。「みんなが考えていることはわかる。でも、だいじょうぶ。心配しなくていいんだ。私たちは、なにもかもが許された国に来ているという気がする。」

「では、いただきます！」と、ユースタス。そして、全員が食べはじめた。

くだものの味は？　残念ながら、その味を説明することはだれにもできない。私に言えるのは、このくだものにくらべたら、これまでみなさんが食べたことのある、どんなに新鮮なグレープフルーツもつまらなくなり、どんなにジューシーなオレンジもひからびていて、どんなにとろけそうな西洋ナシもかたくて嚙《か》めたものではないし、どんなにあまい野イチゴもすっぱく思えたことだろう、ということのみだ。しかも、種もなければ、スズメバチもたかってこない。このくだものを一度でも食べたら、私たちの世界のどんなすばらしいものも、にがい薬みたいな味に思えたことだろう。どう言おうと、その味そのものを説明することはできない。その国へ行って自分で味わう以外、その味を知ることはできないのだ。

みんながじゅうぶん食べると、ユースタスがピーター王に言った。

「王は、まだ、ご自身がどのようにしてここにいらしたか、お話しになっていません。お話しになろうとしたときに、ティリアン王が現れたのでした。」

「話すことは大してないんだ」と、ピーター。「エドマンドと私は、駅のホームに立っていて、汽車が入ってくるのを見ていた。カーブを曲がるのにスピードを出しすぎているなと思ったのを覚えている。それから、ルーシーは知らなかったんだけど、うちの人たちがたぶん同じ汽車に乗りあわせていたはずなので、おもしろいなって思ったんだ。」

「うちの人というのは？　陛下」と、ティリアン。

「父と母のことだ――エドマンドとルーシーと私のね。」

「どうしてですか？」と、ジル。「まさか、ご両親がナルニアのことをご存じだとは、おっしゃらないですよね？」

「いや、そうじゃない。ナルニアとはなんの関係もない。両親は、ブリストルに行くとちゅうだったんだ。その日の朝に出発すると聞いただけだ。だけど、エドマンドが、両親が乗るのは、同じ汽車のはずだと言ったんだ。」（エドマンドは、鉄道にくわしいのだ。）

「それで、どうなったのですか」と、ジル。

「それが、どうも説明しづらいんだ。そうだろ、エドマンド？」最大の王が言った。

「そうだね」と、エドマンド。「ぼくらが魔法で自分たちの世界から引っぱり出されるのとは、ずいぶんちがってた。恐ろしいうなるような音がして、なにかがぼくをドンと打った。痛くはなかったけど。ぼくは、こわかったというよりは、ドキドキしていた。あ――そうそう、ここが奇妙なんだけど、ぼくはラグビーで脚をやられて、ひざを痛めていた。その痛みが急になくなったんだ。体がすっと軽くなる感じがした。それから――ここにいたんだ。」

「汽車に乗っていた私たちも、だいたい同じだったよ」と、ディゴリー卿が、その金色のひげから、食べたくだもののあとをぬぐいながら言った。「ただ、ポリー、きみと私は、体がずいぶん楽になった気がすると思うんだよ。きみたち、若いものにはわからんだろうが。年を感じなくなった。」

「若いものだなんて、よく言うわ！」と、ジル。「あなたがたおふたり、あたしたちよりそんなに年とっていらっしゃらないじゃありませんか？」

「まあ、そうかもしれないけれど、年はとってきたのよ」と、貴婦人ポリー。

「そして、ここにいらしてから、なにがあったんですか」と、ユースタスはたずねた。

「それが」と、ピーターが言った。「長いこと（少なくとも、私には長いように感じられた）、なにもなかった。それから、戸が開いて――」

「戸が？」と、ティリアン。

「そうだ」と、ピーター。「あなたが入ってきた戸だ――あるいは出てきた戸だ。忘れたのですか？」

「どこにあるんです？」

「ごらんなさい」と、ピーターは指さした。

ティリアンが見ると、そこには、まったくもって奇妙で、想像もつかないほど、ばかげたものがあった。数メートル先に、そまつな木の戸が、日を浴びて立っているのだ。戸のまわりには、戸口のわくだけがあった。それだけだ。壁もなければ、屋根もない。ティリアンは、めんくらって、そこへ歩いていった。みんなも、ティリアンがどうするのか見ようと、ついていく。ティリアンは、戸の裏へまわった。しかし、裏側も同じように見える。裏側も、やっぱり外で、夏の朝なのだ。戸は、まるで地面から生えてきた木のように、それだけが立っている。

「陛下」と、ティリアンは、最大の王に言った。「これは、まったくおどろきです。」

「つい五分前に、あのカロールメン人とともに、あなたがいらした戸です。」ピーターは、ほほえんで言った。

「しかし、私は森をぬけて馬小屋のなかへ入ったはずです。ところが、この戸は、どこからどこへもつながっていないようです。」

「まわりを歩いただけでは、そう見えるが」と、ピーター。「戸の板と板のあいだのすきまからのぞいてごらんなさい。」

ティリアンは、すきまに目を当てた。最初、まっ暗で、なにも見えなかった。それから、目が慣れてくると、消えかかったかがり火のぼんやりとした赤いかがやきが見えた。上には暗い空があり、星々がある。それから、黒い人影が動きまわっていたり、戸とかがり火のあいだに立ったりしているのが見えた。話し声も聞こえる。カロールメン人の声のようだ。そこで、馬小屋の戸から、最後の戦いがくりひろげられた街灯の跡地の暗闇を見ているのだとわかった。男たちは、なかへ入ってリシュダ・タルカーンを捜したものか（そうしたいという者はいなかったが）、それとも馬小屋に火を放とうかと話しているのだった。

ティリアンは、もう一度あたりを見まわしたが、自分の目が信じられなかった。頭上には青空があり、どこを見ても見わたすかぎり草原がひろがっており、新しい友人たちがそばで笑っているのだ。

「では、どうやら」と、ティリアンは、自分もほほえんで言った。「なかから見た馬小屋と、外から見た馬小屋は、ふたつのまったくちがう場所にあるのですね。」

「さよう」と、ディゴリー卿《きょう》。「なかは、外よりも、大きいのだ。」

「そうです」と、ルーシー女王。「私たちの世界でも、ある馬小屋のなかに、全世界よりも大きなものがありました。」

ルーシー女王が口をきいたのは、それがはじめてだった。その声のはずむようなひびきから、ティリアンには、なぜ今までだまっていらしたのかわかった。ルーシー女王は、ほかのだれよりも深く、すべてを呑《の》みこんでいたのだ。あまりにもしあわせすぎて、口もきけないくらいだったのだ。ティリアンは、ルーシー女王にもう一度話してもらいたくて、こう言った。

「どうか、マダム。お話をつづけてください。あなたの冒険のすべてを語ってください。」

「衝撃と騒音のあとで」と、ルーシーは言った。「気づいたら、ここにいました。あなたがそうだったように、私たちもこの戸を不思議に思いました。すると、戸ははじめて開いて（開いたとき、暗闇が見えました）、抜き身の刀を手にした大男がやってきました。その武器を見て、カロールメン人だとわかりました。男は、刀を大きくふりかざしたまま、戸のわきに立ち、戸から入ってくる者をだれであろうと斬ろうとしていました。私たちは近づいて話しかけたのだけれど、私たちの姿が見えもしなければ声が聞こえもしなかったようです。男は、空を見あげたり、日光や草を見まわしたりもしませんでした。見えていなかったのだと思います。そこで、長い時間、待ちました。すると、戸の反対側で、かんぬきがはずれる音がしました。けれども、男は、入ってくるのがだれかわかるまで、刀で打ちかかることができないようすでした。そこで、この人は、斬り殺す相手を選んでいるのだと思いました。ところが、戸が開いたまさにその瞬間、ふいにタシュがそこに、戸のこちら側にいたのです。どこから入ってきたのか、だれにもわかりません。すると、戸のむこうから、大きなネコが入ってきました。それは、タシュを一目見ると、命からがら逃げていきました。危機一髪でした。タシュがネコに襲いかかったとき、戸が閉まって、タシュのくちばしにぶつかったのです。男にはタシュが見えたようです。まっ青になって、怪物の前で頭をさげました。しかし、タシュは消えてしまいました。

それから、私たちは、また長い時間、待ちました。とうとう戸が三度めに開いて、今度は若いカロールメン人が入ってきました。私は、その人が気に入りました。戸のそばにいた見張りは、その人を見ると、はっとして、かなりおどろいたようすでした。どうやら、だれかまったく別の人が入ってくるのを待ちかまえていたようで――」

「今となっては、よくわかるね」と、ユースタスが言った。（人の話に口をはさむくせがあったのだ。）「あのネコは先に入ってくることになっていて、見張りは、ネコには危害を加えないように命令を受けていたんだ。それで、ネコは、おぞましいタシュランを見たと言って出てきて、こわがっているふりをしてほかの動物たちをおびえさせようという魂胆だった。ところが、シフトには思いもよらなかったことだが、本物のタシュが現れたってわけだ。でもって、ジンジャーは、マジにおびえて飛び出した。そのあと、シフトは、かたづけたいやつをだれでもなかへ送りこんで、見張りに殺させようとした。でもって――」

「友よ」と、ティリアンがおだやかに言った。「きみは、淑女《レイディ》の話のじゃまをしている。」

「そうして」と、ルーシーは言った。「見張りは、おどろいたのです。それで、相手の男は、そのすきに警戒できました。ふたりは戦い、男の人は見張りを殺し、戸の外へ放り出しました。それから、その人はゆっくりと、私たちのいるところへ歩いてきました。私たちが見えていて、ほかのなにもかもが見えているのです。私たちは話しかけようとしましたが、その人は、どうも夢でも見ているみたいで、こう言いつづけていました。

『タシュ、タシュ、タシュはどこです？　タシュのみもとへまいります。』

それで、私たちもあきらめて、その人はどこかへ行ってしまいました──むこうのほうへ。いい人のようだったのだけれど。そのあと……うっ！」ルーシーは顔をしかめた。

「そのあと」と、エドマンドがつづけた。「だれかが、あの戸からサルを投げこんだ。すると、またタシュがいた。妹はやさしいから、言いたがらないけど、タシュがパクッとひと呑みにして、サルは消えたのさ！」

「いい気味だ！」と、ユースタス。「それで、タシュのおなかがこわれるといいんだけどなあ。」

「そのあと」と、エドマンド。「十二人ほどのこびとがやってきた。それから、ジルとユースタス。そして、最後に、あなた自身が来たというわけです。」

「タシュが、こびとたちも食っちまったらよかったのに」と、ユースタス。「小さなブタやろうどもを。」

「いいえ、そうはならなかったわ」と、ルーシー。「それに、ひどいことを言わないで。まだ、ここにいるのよ。実際、ここからでも見えるわ。あのひとたちとお友だちになろうとしたんだけど、だめだった。」

「友だちになろうとしただって！」と、ユースタスは叫んだ。「あのこびとどもがどんなことをしてきたか、ご存じだったら！」

「ああ、やめてちょうだい、ユースタス」と、ルーシー。「いっしょに来て、会ってごらんなさい。ティリアン王、あなただったら、あの人たちをなんとかしてあげられるかもしれない。」

「私は、今日は、あまりこびととなかよくしたい気にはなれませんが」と、ティリアン。「でも、ご所望ですから、淑女《レイディ》よ、それぐらいのことは、よろこんでいたしましょう。」

ルーシーは先を歩いていき、やがて一同は、こびとたちが見えるところへ出た。かなり妙なようすだ。ぶらぶらしたり、楽しそうにしたりしてはいない。（ただ、こびとたちをしばっていた縄は消えたようだ。）横になったり、休んだりもしていない。こびと同士むかいあって、輪になってすわっているのだ。あたりを見まわすこともなく、ルーシーとティリアンが、さわれそうなくらい近づくまで、近くに人間がいると気づかないようだった。だれも見えず、ただ耳をすまして、なにが起こっているのか音だけで理解しようとしているかのように、小首をかしげた。

「気をつけろ！」ひとりが、ふきげんそうな声で言った。「おれたちがここにいるんだ。おれたちにぶつかってくるな！」

「だいじょうぶだよ！」ユースタスがむっとして言った。「ぼくらは目が見えてるんだ。頭に目があるからね。」

「こんなところで見える目なんて、ずいぶんいい目なんだな。」ディグルという名前の、さっきのこびとが言った。

「こんなところとは？」と、エドマンド。

「ばかだな。もちろん、ここだよ」と、ディグル。「このまっ暗けっけの、せまくるしい馬小屋の、くさくて小さな穴のことだよ。」

「目が見えないのか？」と、ティリアン。

「暗闇じゃ、だれだって目が見えるもんか！」と、ディグル。

「でも、暗くないのよ、おろかなこびとさんたちね」と、ルーシー。「見えないの？

目をあげて！　見まわして！　空や、木々や、花が見えない？　私が見えない？」

「あらゆるペテン師の名にかけて、ありもしねえもんが見えるもんかい？　それに、このまっ暗ななかで、あんたにおれが見えないのと同様、こっちだって、あんたが見えるもんかい。」

「でも、私には見えるわ」と、ルーシー。「見えることを証明してあげる。あなたは、口にパイプをくわえています。」

「タバコのにおいがわかれば、だれだってそれくらいは、わからあ」と、ディグル。

「もう、この人たちったら！　やってられないわ」と、ルーシー。それから、あることを思いついた。しゃがんで、野生のスミレの花をつんだのだ。

「聞いて、こびとさん」と、ルーシー。「目が働かなくても、お鼻はきくでしょ。これは、なんのにおいかわかる？」

ルーシーは前へかがんで、新鮮で、しっとりとした花をディグルのみにくい鼻の前にさし出した。けれども、小さなかたいげんこつになぐられないように、急いで飛びのかなければならなかった。

「やめろ！」と、ディグルは叫んだ。「よくもやったな！　きたない馬小屋のわらを人の顔につきつけやがって。アザミも入ってたぞ。なまいきな。そもそも、おまえ、何者だ？」

「大地のひとよ」と、ティリアンが言った。「こちらはルーシー女王だ。アスランによって、深き過去よりここへ送られてきたのだ。そして、おまえたちの正統な王である私、ティリアンが、裏切り者であることは火を見るよりも明らかなおまえたちの首を肩から切り落とさないのは、ひとえに女王陛下のおんためであるぞ。」

「へ、ぬかしてやがらあ！」と、ディグルは叫んだ。「そんなばかばかしいことを、よくもならべられるもんだ。あんたのすばらしいライオンだって助けに来なかったじゃないかい？　来なかったよなあ。そして、今度は――今になっても――おれたち同様にぶったたかれて、この暗い穴につっこまれると、しょうこりもなく、またおっぱじめるのか。また、うそっぱちだ！　おれたちは閉じこめられちゃいない、暗くもねえ、ときたもんだぜ。」

「暗闇は、おまえのそのおろかさのみにあるのだ、あほう」と、ティリアンは叫んだ。

「その闇から出てくるがよい。」

　そして、前へかがんで、ディグルのベルトとぼうしをつかみ、こびとの輪から外へ引っぱり出した。けれども、ティリアンがおろすと、ディグルはサッと、さっきの場所へもどり、鼻をこすってわめいた。

「おう！　おう！　なんだってそんなことをするんだ！　おれの顔を壁にぶつけやがって。もう少しで鼻が折れるところだったぜ。」

「まあ！」と、ルーシー。「このひとたちは、どうしようもないわね。」

「放っておこうよ」と、ユースタス。ところが、そう言ったとき、大地が揺れた。かぐわしい空気が、ふいに、よりいっそうかぐわしくなった。うしろで光がはじけた。みんなは、ふり返った。ティリアンは、こわかったので、最後にふり返った。そこに立っていたのは、ティリアンが心から待ちのぞんでいた、巨大で本物の、黄金のライオン、アスランそのひとだった。すでにほかのみんなは、アスランの前足のまわりにひざまずき、両手や顔をそのたてがみにうずめている。アスランはその大きな顔をさげて、舌でみんなにさわった。それから、アスランは、ティリアンに目をむけた。ティリアンは、ふるえながら近より、ライオンの足もとに身を投げ、ライオンはティリアンにキスをして言った。

「よくやった、最も暗きときに、しっかりと立ったナルニア最後の王よ。」

「アスラン」と、ルーシーは涙を流しながら言った。「ねえ――できたら――あのかわいそうなこびとたちをなんとかしてあげられないかしら？」

「愛《いと》しきものよ」と、アスラン。「できることと、できないことを見せてあげよう。」

アスランは、こびとたちの近くへ行って、低くうなった。低い声だが、空気が振動した。けれども、こびとたちは、こう言い合った。

「今の、聞いたか？　馬小屋のむこう側にいるあいつらのしわざだ。おれたちをこわがらせようってんだ。機械かなんかを使ってるな。気にするな。二度とだまされるもんか！」

アスランは、顔をあげて、たてがみをふった。すぐに、すばらしいごちそうが、こびとたちのひざの上に現れた――パイ、牛タン、鳩肉、それに、デザートのトライフルにアイス。どのこびとも右手においしいワインの入った杯を持っていた。けれども、あまり意味はなかった。こびとたちは、がつがつと飲み食いをしたのだが、ちゃんと味わっていないことははっきりしていた。こびとたちは、馬小屋のなかにあるようなものを飲み食いしていると思っていたのだ。ある者は干し草を食べていると言い、またある者は古いカブを食べていると言い、さらに別の者は、生のキャベツの葉を見つけたと言う。そして、おいしい赤ワインの入った黄金の杯を口に運びながら、「うへえ！　ロバが使った水おけからきたねえ水を飲むのはたまんねえな！　こんなことになるとは思ってもみなかったよ」などと言うのだ。けれども、やがて、どのこびとも、ほかのこびとが自分よりおいしいものを食べているのではないかと疑いはじめ、ひったくったり、ひっつかんだりして、けんかがはじまり、ついには、数分後、とっくみあいのけんかとなって、おいしい料理はすっかり顔やら服やらにこぼれて、踏みつぶされた。しかし、ようやくこびとたちが、痛んだ目や、血の出た鼻の手当てをしてすわりこんだとき、みんなは言った。

「まあ、ともかく、ここにペテン師はいねえ。だれにも、だまされたりしていない。こびとは、こびとで、やってくさ。」

「ごらんのとおりだ」と、アスラン。「私に助けさせてはくれない。彼らは、信じる代わりに、こざかしさを選んだのだ。そのろうやは心のなかだけにあるが、彼らはそのろうやのなかにいる。だまされるのを恐れるあまり、そこからぬけ出せないのだ。だが、おいで、子どもたち。私には、やることがある。」

アスランは戸のところへ行き、みんなはあとについていった。アスランは頭をあげて、吼《ほ》えた。

「時は来たれり！」

それから、さらに大きく「時だ！」と叫んだ。さらに、星々でさえふるえるくらいの大声で、「時よ」と、吼えた。戸がパッと開いた。

第十四章

ナルニアに夜が訪れる

みんなはアスランのすぐ右側に立って、開いた戸口のむこうをのぞいた。

かがり火はすっかり消えていた。大地はどこもかしこもまっ黒だ。実のところ、木々の暗いかたちがどこで終わって、どこから星空がはじまっているのか見えなければ、目の前にあるのが森とわからなかっただろう。けれども、アスランがふたたび吼えたとき、左側に別の黒いものが見えた。つまり、星々のない黒いひろがりが見えたということだ。そのひろがりは、どんどん高くあがっていって、人の形になった。あらゆる巨人のなかでもいちばん大きな巨人の姿だ。みんなは、ナルニアのことをよく知っていたから、この人がどこに立っているか、見当がついた。シュリブル川の北むこう、高台となってひろがる荒野に立っているにちがいないのだ。そのとき、ジルとユースタスは、ずっとむかし、その荒野のずっと下の洞穴で、ものすごく大きな巨人が眠っていて、その人は《時の翁《おきな》》だと教えられたことを思い出した。そして、この世の終わりに目を覚ますだろうとも教えられたのだった。

「そうだ」と、アスランは、みんながなにも言わなかったのに答えた。「この人は、眠っているあいだは、《時》という名前だった。起きた今となっては、新たな名を得ることになる。」

それから、そのすごい巨人は、角笛を口に当てた。黒い形をしたものが星々を背景にして動いたので、それがわかった。そのあと――音が伝わるのが遅いので、ずいぶんしてからだが――角笛の音が聞こえた。高くて恐ろしい音だったが、不思議な、死を思わせる美しさがあった。

ただちに空は流れ星でいっぱいになった。流れ星というのは、ひとつだけでも見ていて気持ちのよいものだが、何十もあった。しかも、百、千と増えていき、やがて銀の雨となって降りしきった。それがいつまでもつづく。しばらくつづいたあとで、巨人のほかにも、星空のなかに、もうひとつ暗い形があることに気づいた人が、ひとり、ふたりと出てきた。それは、ちがうところ――頭の真上、いわば空の天井とでも言うべきところ――にあった。

「雲かもしれない」と、エドマンドは考えた。ともかく、そこには星がない。ただ、まっ暗なのだ。けれども、まわりでは星が降りつづけていた。それから、星のないところが、空の中央からどんどんひろがっていった。やがて、空の四分の一が黒くなり、半分になり、とうとう流れ星の雨が降っているのは、地平線近くの低いところだけになった。

不思議な思いにぞくぞくしながら(ちょっぴりこわい感じもした)、みんなは、なにが起こっているのか、急に気づいた。ひろがっている黒いものは、雲などではない。まさに、なにもないのだ。空の黒い部分は、星が残っていないところだ。星という星が落ちてきているのだ。アスランが、星々にもどってくるように命じたのだ。

星の雨がすっかりやんでしまう直前の数秒は、とてもわくわくした。星々が、みんなのまわりに落ちはじめた。けれども、この世界の星々は、私たちの世界の巨大な燃える球体ではない。それは、ひとなのだ。(エドマンドとルーシーは、一度お会いしたことがある。)つまり今、きらめくひとびとが降り注いでいるわけだ。燃えるような銀の長い髪をたなびかせ、白熱した金属のような槍《やり》を手にして、黒い空から、落石より速く、みんなのもとへ駈《か》けおりたのだ。着地して草を燃やすときは、シュッと音をたてた。すべての星々がみんなのそばをすべりぬけていき、少し右の、うしろのほうに立った。

これは、とても都合のよいことだった。空に星がなくなったため、どこもかしこもまっ暗になって、なにも見えなくなるところを、うしろに星々が立ってくれたおかげで、強烈な白い光が肩越しに射しこんだからだ。目の前に、ナルニアの森がどこまでもつづいているのが見えた。光にあふれているように見える。どのしげみも、葉の一枚一枚にいたるまで、黒い影を落としていた。どの葉の先もするどく見えたので、さわったら手が切れるような感じがした。

草原の上には、みんなの影がのびていた。いちばん大きな影は、アスランの影だ。左のほうへ、ものすごく大きな、とても恐ろしい影となってのびていた。これが、永遠に星がなくなった空の下のようすだった。

背後（のやや右のほう）から射しこむ光は強力だったので、北部の荒野の斜面さえ照らし出していた。なにかが、そこを動いている。巨大な動物たちが、ナルニアのなかへ、のろのろと、すべりこんでいる――大きなドラゴンたち、巨大トカゲたち、コウモリのような翼をした羽のない鳥たちだ。動物たちは森のなかへ消えていき、しばらくのあいだ、しんとした。それから、最初はかなり遠くから、なげくような声が聞こえ、つぎにあちこちから、かさこそ、パタパタ、翼のバサバサという音がした。どんどん近づいてくる。やがて、大きな前足のドシンドシンという足音のほかに、小さなかさこそという足音が聞こえ、大きなひづめが雷のように大地を踏み鳴らす音のほかに、小さなひづめのパカパカという足音も聞こえた。何千もの目が光っている。そして、とうとう、木々のかげのなかから、何千、何百万というありとあらゆる生き物が、必死になって駈けあがってくるのがわかった。もの言う獣たち、こびとたち、サテュロスたち、フォーンたち、巨人たち、カロールメン人たち、アーチェンランド人たち、一本足さんたち、それから、遠くの島々や未知の西の国からやってきた不思議な、この世のものとも思えぬものたちだ。みんな、アスランが立っている戸口へと駈けあがってくる。

　冒険のこの部分だけは、そのとき、まるで夢のように思えたところで、あとになっても、よく思い出せなかった。とりわけ、みんな駈けあがってくるのに、どれくらいの時間がかかったかわからない。数分のように思えるときもあれば、何年もかかったように思えるときもある。明らかに、戸口がものすごく大きくなったか、あるいは動物たちが急にブヨのように小さくなったかしたのでもないかぎり、そんなに大勢がいっぺんに戸口を通れるはずがない。けれども、そのときは、だれもそんなことは考えなかった。

　動物たちは押し寄せてくる。そして、みんなの背後に立っている星々に近づけば近づくほど、動物たちの目はぎらぎらとかがやいた。けれども、アスランのところまで来ると、動物たちそれぞれに、あるふたつのことのうち、どちらかが起こった。動物たちはアスランの顔をまっすぐ見すえる。そうするよりほか、なかったのだと思う。そうして、顔をあわせたとき、ぱっと表情を激しく変えるものがいた——恐怖と嫌悪の表情だ。ただ、もの言う獣たちの顔に浮かんだ恐怖と嫌悪は一瞬で消えた。その瞬間、もの言う獣でなくなったのだ。ただの、ふつうの動物になってしまった。そのようにしてアスランを見た動物たちは、そのままアスランを左手に見ながら、進行方向の右側へと曲がっていき、アスランの巨大な黒い影のなかへ消えていった。影は（前にもお話ししたとおり）戸口の左へとのびているのだった。子どもたちは、二度とその動物たちを見ることはなかった。どうなってしまったのか、わからない。けれども、それ以外の動物たちは、アスランの顔を見て、アスランを愛した。同時にとてもこわがったものもいたが。そうしたものたちは、アスランの右側から戸のなかへ入ってきた。なかには、奇妙なものもいた。ユースタスは、ナルニアの馬を射たまさにあのこびとたちのひとりがいるのに気づいた。しかし、そんなことを不思議に思うひまもなく（とにかく、ユースタスには関係のないことだった）、大きなよろこびでユースタスは満たされていたのだった。ティリアンとその味方のまわりに押し寄せた、しあわせな動物たちのなかには、死んだと思われていたものもいた。ケンタウロスのルーンウィット、ユニコーンのジュエル、善良なイノシシ、善良なクマ、ワシのファーサイト、そして、愛しい犬たちや馬たち、こびとのポギンなどだ。

「ずっと奥へ、もっと高く！」と、ルーンウィットが叫び、ものすごい音をたてて、西へ駈けぬけていった。それがどういう意味なのかよくわからなかったが、ティリアンたちは、そのことばを聞いてぞくぞくした。イノシシは、ティリアンたちに陽気にうなった。クマは、まだよくわからないよと、つぶやこうとしたが、ティリアンたちの背後にくだものの木を見つけて、せいいっぱい急いで、その木までよたよたと走った。そこで、まちがいなく、よくわかるものを見つけたのだ。しかし、犬たちはしっぽをふりながら、そこに残り、ポギンも残って、みんなと握手をしたり、その正直な顔を笑みでくしゃくしゃにしたりしていた。ジュエルは、その雪のような白い頭を王の肩にもたせかけ、王はジュエルの耳になにかささやいていた。それから、みんなは、戸口のむこうに見えるものに、ふたたび注意をむけた。

今や、ドラゴンや巨大トカゲらが、わがもの顔にナルニアをあらしまわっていた。あちこち動きまわって、木々を根こそぎ引きちぎり、まるで野菜のルバーブのくきでも噛《か》むかのように、もぐもぐと噛んでいる。どんどん森が消えていく。国全体ががらんとして、その形――かすかなでっぱりや穴――について、これまで気づかなかったことがいろいろとわかった。草は枯れた。やがて、ティリアンは、岩と土しかない世界を見ていることに気づいた。そこにこれまでなにかが住んでいたなんて、とても信じられない。怪物たち自身、老いてきて、横になって死んだ。その肉体はちぢみ、骨が見えてきた。やがて、巨大な骨格だけが残り、それが、何千年前に死んだものの骨であるかのように、死んだ岩場のあちこちにある。長いあいだ、すべてがじっとしていた。

とうとう、なにか白いものが――立っている星々の光を反射して長く、水平な白い線となって――世界の東の果てから、こちらへむかってきた。ひろがる音が、沈黙をやぶった。最初は、つぶやきのようだったが、それがゴロゴロという音になり、やがて、とどろいた。ようやく、やってくるのがなにか見えた。なんというスピードだろう。それは、泡だって押し寄せる水の壁だった。海があがってきているのだ。この木々のない世界では、それがよくわかった。川がどんどん太くなり、湖がひろがって、ほかの湖とくっつき、谷がどんどん新しい湖になっていき、丘は島となり、その島も消えていく。左手に高くそびえていた荒野と、右手のさらに高い山々がくずれていき、どんどん上昇する水のなかへ、うなりをあげて、バシャンバシャンとすべりこんでいく。水は、うずを巻いて、まさに戸口のところまであがってきて（戸口を越えることはなかったが）、アスランの前足にしぶきがかかった。こうなると、みんなが立っているところまで来た水は、そのままずっと水が空と出会う彼方までつづいていく水平線につらなった。

やがて、彼方に光がきらめきはじめた。水平線にそって、わびしく、みじめな夜明けの筋がひろがって、大きくなり、明るさを増し、うしろにいる星々の光も忘れてしまうほど明るくなった。ついに陽が出た。陽がのぼると、ディゴリー卿《きょう》と貴婦人ポリーは、たがいに顔を見あわせて、かすかにうなずいた。このふたりは、別の世界で、死にゆく太陽を見たことがあったので、この太陽も死にかけていることがすぐにわかったのだ。それは、本来の太陽より三倍も——いや、二十倍も——大きく、かなり暗い赤色をしていた。その光線が巨大な時の翁に降り注ぐと、翁もまっ赤になった。その太陽の光を浴びて、どこにも岸のない広大な水は血のように見えた。

それから、月がのぼった。太陽のかなり近く、へんなところにのぼり、月もまっ赤だった。月を見ると、太陽は巨大な炎を、深紅の炎のひげか、ヘビのように、月のほうに放ちはじめた。まるで、月をその触手で引き寄せようとしているタコのようだった。ひょっとすると、本当に引き寄せたのかもしれない。ともかく、月は太陽に近づいたのだ。最初はゆっくりと、しかし、それからどんどん速く、そして最後には太陽の長い炎が月のまわりにまとわりつき、ふたつはひとつとなり、燃える石炭のような巨大な球となった。大きな火のかたまりが、その球から海へボロボロと落ち、蒸気の雲が立ちのぼった。

そのとき、アスランが言った。

「さあ、終わりにしよう。」

巨人が、その角笛を海のなかへ放り投げた。それから、巨人は一方の腕をのばし——とてもまっ黒で、何千キロも長く見えた——腕は空へのびて、太陽に届いた。巨人は太陽をつかみ、オレンジをにぎりしめるように、太陽をぎゅっとしぼった。すると、たちまち、まっ暗になった。

アスラン以外のだれもが、戸口からふきこんでくる氷のような冷たい風をさけて、とびのいた。戸口にはすでに、つららがさがっていた。

「ナルニアの最大の王ピーターよ」と、アスランは言った。「戸を閉めなさい。」

ピーターは寒さにふるえながらも、暗闇のなかに身をのばして、戸を閉めた。引っぱったとき、氷がガリガリといった。それから、かなりぎこちなく（ピーターの手はそのときでさえ、かじかんでいて、まっ青だった）、ピーターは黄金の鍵《かぎ》を取り出して、鍵をかけた。

この戸口を通して不思議なことはもうじゅうぶんに見た。しかし、あたりを見まわして、自分たちが明るい陽光のなかにいて、頭上には青空がひろがり、足もとには花が咲いていて、アスランの目に笑みがあるのを見るのは、なによりも不思議だった。

アスランはすばやくむきを変え、身を低くかがめ、そのしっぽで自分の体を打ちながら、金の矢のように走りだした。

「さあ、ずっと奥へ！　さあ、もっと上へ！」アスランは肩越しに叫んだ。しかし、そんな速さにだれがついていけるだろう。みんなは、そのあとを追うようにして、西へ歩きはじめた。

「なるほど」と、ピーターが言った。「ナルニアに夜が訪れた。どうした、ルーシー！泣いているんじゃないだろうね？　アスランが前にいて、みんながここにいるというのに？」

「止めないで、ピーター」と、ルーシーは言った。「アスランだったら、止めたりしないはずよ。ナルニアを思ってなげくことが悪いはずないもの。なにもかも、あの戸のむこうに死に果てて横たわり、凍りついているのを考えてもみてちょうだい。」

「そうね。それに、できれば」と、ジルが言った。「ナルニアは永遠につづいてほしかった。あたしたちの世界は無理だとしても。ナルニアはつづくんじゃないかと思ってたのに。」

「ナルニアがはじまったところを私は見た」と、ディゴリー卿は言った。「それが終わるのを、よもや見るとは思わなんだ。」

「陛下がた」と、ティリアンは言った。「淑女《レイディ》がたが泣くのは、もっともでしょう。私だって、涙が止まりません。私は母の死を見たことがあります。私はナルニア以外のどんな世界を知っているというのでしょう？　なげかぬとすれば、それは美徳ではなく、大いなる非礼でありましょう。」

一同は戸から離れ、いまだに馬小屋のなかにいると考えているこびとたちからも、離れた。そうして遠ざかるとき、みんなは、かつての戦や平和や、古《いにしえ》の王やナルニアの栄光について語りあった。

犬たちはまだ、いっしょにいた。話にくわわることもあったが、あまり話はせず、先がけたり、またもどってきたり、駆《か》けだしていって、くしゃみが出るまで草のにおいをかいだりするのにいそがしくしていた。ふと、犬たちはあるにおいをかぎつけ、興奮しだしたようだった。犬たちは、それについて、ああだこうだと言いはじめた。

「そうだよ。」

「ちがうよ。」

「だから言ったじゃないか。」

「だれだって、あれぐらい、かぎわけられるさ。」

「おまえのでかい鼻を引っこめて、だれかほかの者に、かいでもらえよ。」

「なんなのだ、いとこたちよ？」と、ピーターが言った。

「カロールメン人です、陛下」と、犬たちがいっせいに言った。

「では、その者のもとへ連れていけ」と、ピーター。「味方であろうと、敵であろうと、歓迎しよう。」

犬たちは、前へ駆けだし、すぐに必死でもどってきて、それが本当にカロールメン人であることを大声で吠《ほ》えたてて告げたのだった。（もの言う犬たちは、ふつうの犬と同様、今していることがなんであれ、ものすごく重要というふうにふるまうのだ。）

一同は、犬たちが導くところへついていき、きれいな小川のそばのクリの木の下に若いカロールメン人がいるのを見出《みいだ》した。それは、エメスだった。エメスは、すぐに立ちあがって、ふかぶかとおじぎをした。

「陛下」と、エメスは、ピーターに言った。「あなたが味方なのか敵なのか存じませんが、そのどちらであれ、光栄に存じます。気高き友は最上の贈り物にして、気高き敵は二番めの贈り物と、ある詩人が申さなかったでしょうか。」

「閣下」と、ピーターは言った。「あなたと争う必要はないように思うのだが。」

「あなたが何者で、なにが起こったのかお話しくださいませんでしょうか」と、ジルが言った。

「話をするというのであれば、みな水を飲んで、すわろうではないか」と、犬たちが言った。「すっかり息が切れた。」

「あんなふうに、あちこち走りまわったら、そりゃあ息も切れるだろうさ」と、ユースタス。

　こうして、人間たちは草の上にすわった。犬たちは川からごくごくと音をたてて水を飲むと、はあはあ言いながら、舌を少しわきにつき出したまま、まっすぐすわって、話を聞いた。ただ、ジュエルは、その角を自分のわき腹でみがきながら、立ったままでいた。

第十五章

もっと上へ、ずっと奥へ

「知るがよい、ああ、戦に明けくれし王たちよ」と、エメスは言った。「そして、あなたがた、その美がこの宇宙を照らし出す淑女のみなさまがた。私はエメス、砂漠の彼方西にあるテヒシュバーンの町のハルバ・タルカーンの七代めなりと、お見知りおきのほどを。私は近ごろ、二十九人の仲間とともに、リシュダ・タルカーンの命令でナルニアにまいりました。さて、ナルニアへ進軍せよと言われたとき、私はよろこびました。あなたがたの国のうわさは、かねがね聞きおよんでいたから、あなたがたと戦いで相まみえることを大いに望んだのであります。ところが、商人に変装せねばならず（戦士にしてタルカーンの息子にとっては、屈辱的な服です）、うそや裏切りがあるとわかると、わがよろこびは消えました。しかも、サルに仕えねばならず、タシュとアスランが同じであるなどと言われるようになると、この世はわが目に暗くうつりました。なにしろ、私は子どものときから、タシュのことをもっと知り、かなうことならば、拝顔したいと望んでいたからであります。一方、アスランの名前は、うとましいものでしかありませんでした。

さて、ご存じのとおり、われわれは、わらぶき屋根の馬小屋の外に毎晩呼び出されておりました。かがり火がたかれ、サルがその小屋から四本足の動物を連れ出していましたが、私にはその動物はよく見えませんでした。だれもが、それにおじぎをして、敬意を表しておりました。しかし、タルカーンはサルにだまされていると私は思いました。なにしろ、この馬小屋から出てくるものは、タシュでもなければ、そのほかの神でもなかったからです。私がタルカーンの顔を見守り、タルカーンがサルに言った一言一句に耳をかたむけたすえに、私は考えを変えました。タルカーン自身がそんなことを信じていないとわかったからです。そして、タシュの存在も信じていないとわかりました。信じていたら、どうしてその存在をあざけることができましょう？

そうとわかると、恐ろしい怒りが私を捕らえました。まことのタシュがサルとタルカーンのふたりを天からの炎で焼きつくして、消しさらないのはなぜだろうと思いました。ですが、その怒りをかくし、だまって、なりゆきを見守っておりました。ところが、昨晩、ご存じのかたもいらっしゃるでしょうが、サルはあの黄色いものを連れ出さずに、タシュラン——やつらは、ふたつはひとつだというふりをするために、ふたつのことばをいっしょくたにしたのです——に会いたい者はひとりずつ小屋に入れと言ったのです。私は思いました。こいつは新手のごまかしだ、と。ところが、ネコがなかに入り、恐怖でおかしくなって飛び出してきたとき、私は思ったのです。『やつらがそうとも知らずに呼び出したまことのタシュが、ついにやってきて、その復《ふく》讐《しゅう》をなさろうというのだ』と。そして、わが心は、タシュの偉大さと恐ろしさとで、水のごとく揺らいでいましたが、わがひざのふるえを止めて、ひざまずき、わが歯もふるえぬようにこらえて、たとえ死んでもタシュのご尊顔を拝そうと心に決めたのです。そうして私は小屋に入りたいと申し出て、タルカーンはしぶしぶそれを認めました。

　戸口をくぐるや、強烈な陽光にまずおどろきました。（今、われわれが浴びているこの光です。）外から見ると小屋のなかは暗く見えたのに、などと不思議がっているひまはありませんでした。ただちに、カロールメン人と戦うことになったからです。相手を見たとたん、わかりました。サルとタルカーンは、ふたりの秘密の計画に関わっていない者を殺してしまうべく、この男をここに置いたのだと。ということは、この男もうそつきで、タシュをあざける偽の召し使いということになります。そう考えると、私は、こいつを倒してもかまわないと思いました。そして、この悪党を殺すと、私は戸のむこうに、男を放り出しました。

　それから、あたりを見まわし、空と、広大な大地を見て、そのかぐわしい香りをかぎました。なんてすばらしい場所だろうと私は思いました。タシュの国へ来たのかもしれないとも思いました。そして、その不思議な国を旅し、タシュを捜したのです。

　こうして、多くの草原を行き、たくさんの花々や、すこやかで快い木々のあいだをすぎていくと、なんと、ふたつの岩のあいだで、私は偉大なるライオンと出会ったのです。その速さたるや、ダチョウのようで、その大きさたるや、ゾウのようでした。その毛は純金のようで、その目のかがやきは、溶炉で溶けた金のようでした。ラグールの火山よりも恐ろしく、その美しさたるや、盛りのバラが砂漠の塵《ちり》より美しいように、この世のあらゆるものを凌駕《りょうが》していました。そこで私はその足もとにひれふし、わが死の時ぞ来たれりと思いました。このライオンは、私が生涯仕えてきたのは、この（あらゆる名誉にふさわしい）ライオンではなく、タシュであると知っているはずだからです。この世をわがものとするティズロック王となって、ライオンを知らずに死ぬよりは、ライオンを見て死んだほうがよいと思いました。偉大なるライオンは、その黄金の頭をさげて、わが額にさわり、息子よ、よく来たと言ってくださいました。しかし、私は言いました。

『ああ、私はあなたの息子ではなく、タシュの召し使いです。』

　ライオンは応《こた》えました。

『子どもよ。なんじがタシュにささげたことは、私へのささげものと考えよう。』

　そこで、私は知恵と理解とを欲しておりましたので、恐怖を捨てて、この偉大なるライオンにたずねました。

『では、サルが言ったように、あなたとタシュはひとつなのでしょうか？』

ライオンはうなり、大地が揺れました。（でも、その怒りは私にむけられたものではありませんでした。）そして、こう言いました。

『それは、うそである。あれと私はひとつでないだけでなく、敵対している。そなたがあれにささげたことを、わがものと受けとろうというのは、あれと私はあまりにも異なるものであるがゆえに、私に対して邪悪なるささげものはできぬからだ。そして、あれに対しては、邪悪なささげものしかできない。それゆえ、タシュに誓ったとしても、その誓いがまことの誓いで、それを守ろうとするのであれば、その誓いは、本人はそうとわからずとも、実は私になされたものであり、むくいてやるのは私なのだ。そして、わが名において残酷なことがなされるなら、たとえアスランの名を口にしようとも、それはタシュのためになされたのであり、タシュがその行為を受けいれる。

わかったか、子どもよ？』

私は『主よ、私の理解がどの程度のものかはご存じのとおりです』と言いました。

そしてまた（真実が私に強いたので）こうも言いました。

『ですが、私はこれまでずっとタシュを求めてまいりました。』

『愛するものよ』と、かがやかしいおかたは言いました。『そなたが求めてきたものが私でないのなら、これほど長く、これほど正しく求めることはなかったであろう。というのも、だれもが、真に求めるものを見出《みいだ》すものであるのだから。』

そう言うと、ライオンは私に息を吐きかけ、わが体のふるえを取りさり、私を立たせました。そのあと、また会おうとおっしゃり、私はもっと上へ、ずっと奥へと進まなければならないとだけ言ってだまってしまいました。そして、くるりとむきを変えると、金色のつむじ風となって突然消えてしまったのです。

それ以来、ああ、王さまがた、貴婦人がたよ、私はアスランを求めてさまよい、わがしあわせはあまりに大きく、それはまた傷のように私を弱めさえするのです。そして、あのひとが私を、愛するものよと呼んでくださったのがなによりも奇跡なのです、この犬のような私を――」

「え？　なんだって？」と、犬が言った。

「いえ」と、エメス。「これは、カロールメン国でのものの言いかたにすぎない。」

「ふうん。あんまり気に入らないなあ」と、犬。

「悪気があってのことじゃないのさ」と、年上の犬が言った。「なにしろ、おれたちだって、子犬が悪さをすれば、人間みたいに《ぼうず》と呼んだりするだろ。」

「そうだな」と、さっきの犬が言った。「おてんばめ、とかね。」

「しいぃ！」と、年上の犬が言った。「そいつは、使っちゃいけないことばだ。ここがどこか、忘れるな。」

「見て！」と、突然ジルが言った。だれかが来る。かなりおずおずと、こちらに会いにやってくる。全身が銀灰色の、四本足の気品のある動物だ。十秒ほど、みんながじっと見つめていると、四人か五人がいっせいに言った。

「なんだ、パズルじゃないか！」

ライオンの皮をとりのぞいたパズルを陽の光の下でだれも見たことがなかった。ずいぶん雰囲気がちがって見えた。本来の自分にもどったのだ。やわらかな灰色の毛皮と、おだやかで正直な顔つきをした美しいロバだった。もしみなさんも、このロバを見たら、ジルとルーシーがしたように、駈《か》けていって首にだきついて、その鼻にキスをし、耳をなでてやったことだろう。

今までどこにいたのかとたずねると、パズルは、ほかの動物たちといっしょに戸口から入ってきたのだけれど――本当のことを言うと、できるだけみんなから、アスランから離れようとしていたのだと話した。本物のライオンを見て、自分がライオンの皮をまとうなどというばかなことをしたことがはずかしくなって、ライオンにあわせる顔がないと思ったのだった。ところが、みんなが西へ進んでいくのを見て、口いっぱいに草をほおばると（「こんなにおいしい草ははじめてだったよ」とパズルは言った）、勇気を出して、みんなのあとを追ったのだった。

「でも、アスランと顔をあわせることになったりしたら、どうしたらいいのかわからなかった」と、パズルは言った。

「そうなっても、だいじょうぶよ」と、ルーシー女王が言った。

それから、みんなはどんどん西のほうへ進んでいった。というのも、アスランが「もっと上へ、ずっと奥へ」と叫んだのは、西のほうへ行くようにということのようだったからだ。多くの動物たちがゆっくりとそちらへむかっていたが、草の生えた大地は広く、こみあうことはなかった。

まだ朝早いようで、空気には朝のさわやかさがあった。あまりにも美しかったのと、どうにもわからないことがあったのとで、動物たちはしょっちゅう止まっては、あたりを見まわし、ふり返っていた。

「ピーター」と、ルーシー女王が言った。「ここはどこなのかしら？」

「わからないよ」と、最大の王。「前に見たような気もするけど、名前が出てこない。私たちがずっと小さいとき、お休みのあいだに泊まったところだったりしないかな。」

「ずいぶん楽しいお休みだったんだろうな」と、ユースタス。「ぼくらの世界には、こんなところはありゃしないよ。この色をごらんよ。ぼくらの世界の山じゃ、こんな青はありゃしないよ。」

「ここは、アスランの国ではないのですか？」と、ティリアン。

「この世の東の果てのむこうの山のてっぺんにあるアスランの国のようには見えません」と、ジル。「あたし、行ったことがあるんです。」

「ぼくに言わせりゃ、」と、エドマンド。「ナルニアのどこかって感じがするね。あのむこうの山を見てごらんよ。それに、そのむこうの大きな氷の山々を。ナルニアで見た山そっくりだよ。滝のむこうの荒野のあたりで?」

「そうだね」と、ピーター。「こっちのほうが大きいけど。」

「あの山々がナルニアの山みたいだとは思わないわ」と、ルーシー。「でも、こっちを見て。」

ルーシーは、左の南のほうを指さした。みんなは足を止めて、そちらを見た。

「あの丘」と、ルーシー。「青々としげったすてきな丘と、そのむこうの青い丘は――ナルニアの南の国境に似ていない?」

「似てるかだって!」と、エドマンドが一瞬の沈黙のあとに言った。「そっくりじゃないか。ほら、あれは、峰がふたつあるパイア山だ。それに、アーチェンランド国への道だ。なにからぜんぶあるよ!」

「でも、似てないわ」と、ルーシー。「ちがってる。こちらのほうが色あざやかで、私が覚えているものより、ずっと遠くにある。それに、こちらのほうが、もっと……もっと……ああ、わからないわ……」

「もっと本物に見える」と、ディゴリー卿《きょう》がそっと言った。

突然ワシのファーサイトがその翼をひろげて、空に十数メートル舞いあがって、あたりをぐるりとまわってから、また地面におりた。

「王さまがた、女王さまがた」と、ファーサイトが叫んだ。「これまでなにも見えていませんでしたね。ここがどこか、ようやくわかりはじめました。上からすべてを見てまいりました。エティン荒野も、ビーバーズダムも、大川も、ケア・パラベルも、いずれも東の海のはしでかがやいております。ナルニアは死んでおりません。ここはナルニアです。」

「だけど、そんなことってあるかい？」と、ピーター。「だって、アスランは、私たち年上の者は二度とナルニアにもどれないって言ったじゃないか。なのに、ここにいるよ。」

「そうだ」と、ユースタス。「それに、ナルニアがこわされて、太陽が消えたのを見たよ。」

「それに、ぜんぜんちがって見えるわ」と、ルーシー。

「ワシの言うとおりです」と、ディゴリー卿。「よろしいですか、ピーター。アスランが、あなたがたはナルニアへもどれないとおっしゃったのは、あなたがたが考えているようなナルニアへはもどれないという意味です。それは、本当のナルニアではなかったのです。そこには、はじまりがあり、終わりがあった。それは本当のナルニアの写しというか、影のようなものでした。本当のナルニアは、ずっとここにあって、いつまでもあるのです。ちょうど、われわれの世界、イングランドやなにやらが、アスランの本当の世界の影や写しでしかないように。ルーシー、ナルニアが失われたとなげくことはないのですよ。大切だったかつてのナルニアのすべては、その愛しい生き物たちは、あの戸口を通って本当のナルニアへ入ったのです。そして、もちろん、そこはちがっています。本物が影とちがうように。あるいは、目覚めた人生が夢とちがうように。」

ディゴリー卿がこう語ると、その声は、トランペットのように、みんなをかきたてた。しかし、卿が押しころした声で、「すべて、プラトンの言ったとおりだ。すべて、プラトンにある。まったく、最近の学校じゃ、なにを教えているのやら！」と言ったとき、年上の者たちは笑った。まさにずっとむかし、卿のひげが金色ではなくて白かったとき、あのもうひとつの世界で卿が言ったこととそっくりだったからだ。卿は、みんなが笑っているわけがわかって、いっしょになって笑った。けれども、すぐ、みんなは、ふたたびまじめになった。というのも、おわかりのとおり、まじめになってしまうしあわせと不思議というものがあるからだ。あまりにもすばらしくて、冗談にはできないのだ。

この陽光に満ちた国が、かつてのナルニアとどうちがうのかを説明するのは、その国のくだものの味を説明するのと同じくらいむずかしいことだ。たぶん、こんなふうに考えてみたら、おわかりになるのではないだろうか。みなさんは、すてきな海岸とか、遠くの山々へとつづいていく緑の谷が見える窓のある部屋に入ったことがあるだろう。そして、その部屋の窓の反対側には、鏡があったかもしれない。窓のところでうしろをふり返れば、さっき見た海や谷が、鏡に映って、ぱっと目に飛びこんでくる。そして、鏡に映った海や、鏡に映った谷は、ある意味では、本物と同じなのだが、それでもどこかちがう――物語のなかの場所のように、もっと深く、もっとすてきなのだ。しかも、それは聞いたこともない物語なので、ぜひ聞いてみたいと思えるのだ。かつてのナルニアと、今見えているナルニアのちがいは、そんな感じだ。新しいほうが、より深い国なのだ。どの岩にも、花にも、葉っぱにも、もっと深い意味があるように思われた。それ以上は言えない。みなさんがそこに行ってみたら、わかるだろう。

　みんなが感じていることを、まとめてくれたのは、ユニコーンのジュエルだった。右の前足で地面を踏みしめて、いなないてから叫んだのだ。

「ついにおうちに帰ってきた！　こここそわが本当の国だ！　私の住むところだ。今までわかっていなかったけれど、こここそが、生涯探し求めてきた国なのだ。かつてのナルニアを愛していたのは、それが少しここと似ていたからなのだ。ブリー、ヒー、ヒー！　さあ、おいで、もっと上へ、ずっと奥へ！」

ジュエルは、たてがみをふり、前へ飛び出して駈《か》けだした。私たちの世界だったら、あっという間に見えなくなっていたことだろう。しかし、ここでは、不思議なことが起こった。ほかのみんなも走りだし、おどろいたことに、みんな、ジュエルについていっているのだ。犬や人間だけでなく、太った小さなパズルや、足の短いこびとのポギンもおくれていない。顔に当たる風は、まるでフロントガラスのない車でスピードを出したときのようだ。あたりの景色は、特急列車の窓から見るときのように、ビュンビュンと、うしろへ飛んでいく。みんなは、どんどん速く走ったが、だれも熱くなったり、息が切れたりしなかった。

第十六章

影の国に、さようなら

疲れずに走れるのであれば、だれだっていつまでも走っていたいことだろう。それでも、特別なわけがあれば止まるだろう。そして、やがてユースタスがこう叫んだのには特別なわけがあった。

「ねえ！　待って！　ぼくらが来たところを見てよ！」

叫んだのも無理はない。というのも、目の前に大釜池があり、そのむこうに、のぼることもできないほど高い崖《がけ》があって、その崖からダイヤモンドのようにきらめいたり、暗くガラスのような緑色になったりして、毎秒何千トンもの水が落ちている大滝があったのだ。そのごうごうたる音は、さっきからみんなの耳に入っていた。

「止まらないで！　もっと上へ、ずっと奥へ」と、ファーサイトが飛ぶむきを少し上《うわ》むきにしながら言った。

「そりゃ、ワシには楽にできるだろうさ」と、ユースタスは言ったが、ジュエルもまた叫んだ。

「止まらないで！　もっと上へ、ずっと奥へ！　難関を乗りきるんだ。」

その声は、滝のとどろきにかき消されるところを、かろうじて聞こえたのだが、つぎの瞬間、ジュエルが池に飛びこんだのが見えた。あとにつづくみんなも、バシャバシャと、あわてふためきながら入っていった。みんなが思っていたほど水は身を切るような冷たさではなく（とりわけパズルは冷たさを覚悟していた）、すてきに泡立つすずしさだ。気づけば、みんな大滝目指してまっしぐらに泳いでいた。

「こんなの絶対、どうかしてるよ」と、ユースタスは、エドマンドに言った。

「まあね。でも――」と、エドマンド。

「すてきじゃない？」と、ルーシー。「こわいって思えないって気づいてた？　思おうとしても、思えないの。やってみて。」

「ほんとだ。思えないや。」ユースタスが、試してみてから言った。ジュエルが最初に大滝の下に着いたが、ティリアンがすぐうしろにいた。ジルが最後だったので、なにもかもいちばんよく見えていたのは、ジルだった。滝の表面をなにか白いものがゆっくりあがっていくのが見えた。その白いものはユニコーンだった。泳いでいるのか、のぼっているのかわからないが、どんどん高くあがっていく。ちょうど頭の上の角に滝が当たって、角の先で水がふたつに分かれ、ふたつの虹色《にじいろ》の水しぶきの滝となって両肩のまわりにひろがっている。そのうしろから、ティリアン王が来た。泳いでいるかのように両手両足を動かしているが、まっすぐ上へあがっている。まるで滝を泳ぎのぼることができるかのようだ。

いちばんおもしろかったのは犬たちだ。駈けているあいだは、ちっとも息が切れていなかったのに、泳ぎもがきながらのぼるとなると、ぶつぶつ文句を言うやら、くしゃみをするやら、大さわぎだ。それというのも、ずっと吠《ほ》えつづけていたせいで、吠えるたびに水が鼻や口から、たっぷり入ったからだ。けれども、ジルがこうしたことをすっかり見てとる間もなく、ジル自身が大滝をのぼることになった。私たちの世界では絶対にできないことだ。かりにおぼれなかったとしても、ものすごく重たい水によって、ごつごつした無数の岩に打ちつけられて、ばらばらになっていたことだろう。けれども、この世界では、できるのだ。どんどん上へのぼっていく。水のなかからは、いろいろにきらめく光がちらちら見えて、ありとあらゆる色をした岩も光って見えるので、まるで光そのもののなかをのぼっていくみたいだった。どんどん高くのぼっていくので、もしこわいと感じられたら、高くてこわいと思ったことだろうが、ここではただ、すばらしくわくわくするだけだ。そうして、ついに、てっぺんまで来た。水がすてきな、なめらかな緑の曲線を描いて落ちていくところだ。滝の上の川と同じ高さに達したのだ。水はみんなのうしろで、すごい勢いで落ちていっているが、みんな泳ぎがとてもじょうずで、流れにさからって前へ進んでいる。やがて全員、岸にあがり、水をしたたらせながらも大満足していた。

前方にずっと谷がひろがり、雪をかぶった大きな山々が、今ではずいぶん近くに空高くそびえていた。

「もっと上へ、ずっと奥へ」と、ジュエルが叫び、一同はすぐにまた出発した。

今やナルニアを出て、西の荒野に入った。ティリアンも、ピーターも、ワシのファーサイトでさえ、見たことのないところだ。しかし、ディゴリー卿《きょう》と貴婦人ポリーは見たことがあった。

「覚えてる？」「覚えてるかい？」ふたりは言った。矢よりも速く走っていたが、息を切らすこともなく、おちついた声でそう言ったのだ。

「なんと、閣下」と、ティリアン。「それでは、物語にあるように、あなたがたおふたりが、この世界がつくられた最初の日にここにいらしたというのは、本当なのですか？」

「そうです」と、ディゴリー卿。「ついきのうのことのようです。」

「空飛ぶ馬に乗って？」ティリアンはたずねた。「あれも本当ですか？」

「もちろん」と、ディゴリー卿。けれども、犬たちが吠えた。

「もっと急いで、急いで！」

そこで、みんなはどんどん急いだので、走るというより、飛ぶ感じになった。頭上のワシでさえ、みんなより速くは飛んでいない。そうして、曲がりくねった谷をつぎつぎに越え、急な山道をのぼり、どんどん速く、反対の斜面をおり、川をたどったり横切ったりし、まるで生きたモーターボートのように山の湖の上を疾走し、とうとうトルコ石のようにまっ青な細長い湖のはしまでやってくると、なめらかな緑の丘が見えた。その斜面はピラミッドのように急で、てっぺんは緑の壁でぐるりとかこまれていた。しかし、壁より高く、木々の枝が見えており、その葉っぱは銀のようで、その実は金のようだった。

「もっと上へ、ずっと奥へ！」と、ユニコーンが吼《ほ》えた。留《とど》まるものは、だれもいなかった。みんなは、まっすぐ丘のふもとへ急ぎ、入り江の先の岩にくだけた波の水しぶきがその岩をのぼっていくように駈けあがった。斜面は家の屋根のように急で、草はローン・ボーリングの試合場の芝生のようにすべすべだったが、だれもすべらなかった。てっぺんに着いたときだけ、スピードをゆるめた。目の前に黄金の門があったからだ。しばらくのあいだ、門があくかどうかだれも試してみようとはしなかった。あのくだものを手にしたときに感じたのと同じ気持ちがしたのだ。

「そんなことをしていいのかな？」「正しいことだろうか？」「私たちのためにあるものかしら？」

けれども、そうして立ちつくしていると、すばらしく大きくてすてきな角笛の音が、この壁にかこまれた庭のなかのどこからか聞こえてきて、門が両開きに開いた。

ティリアンは息を呑んで、だれが出てくるのだろうと思った。出てきたのは、思いもよらないものだった。明るい目をした、つややかな毛の小さなもの言うネズミで、赤い羽根を頭にはめた輪にさし、その左の前足を長い剣にかけている。ネズミは、とても美しいおじぎをして、高い声でこう言った。

「ライオンの名にかけて、ようこそいらっしゃいました。どうぞもっと上へ、ずっと奥へ。」

そのときピーター王とエドマンド王とルーシー女王が前へ駈《か》けだして、ひざまずき、ネズミに挨拶《あいさつ》するのをティリアンは見た。いっせいに叫んでいる。

「リーピチープ！」

ティリアンは、すっかり不思議の念に打たれて、息が荒くなった。というのも、今、目にしているのは、ナルニアの偉大なる英雄のひとりであり、ベルーナの大合戦で戦い、そのあと航海王カスピアンとともに世界の果てまで船旅をした、あのネズミのリーピチープだとわかったからだ。しかし、そんなことを考えるひまもなく、強い二本の腕にだきしめられ、ほおにひげが当たるキスをされ、なつかしい声がこう言うのが聞こえた。

「よう、元気か？　ずいぶん見ないうちに、でかくなったじゃないか。」

それは、ティリアンの実の父、善良なるアーリアン王だった。ただ、巨人と戦って負傷して家へ運ばれてきたときに、ティリアンが最後に見たまっ青な顔をした父でもなければ、成長したティリアンが覚えている白ひげの戦士としての父でもない。ティリアンがおさなかったころ、夏の夕べ、寝る前に、ケア・パラベルの城の庭でいっしょに遊んだときの、あの若くて陽気な父だった。夕食に食べていたパンとミルクのにおいが思い出された。

　ジュエルは、そっと思った。

「しばらくは親子水入らずにしてあげよう。あとで、善良なるアーリアン王には、ご挨拶しに行こう。私が小さかったころ、王さまはよく、かがやくりんごをくださったものだ。」

　けれども、つぎの瞬間、ジュエルは別のことに気をとられていた。というのも、門のむこうから、ユニコーンでさえ恥じ入ってしまいそうなほど、りっぱで力強い馬がやってきたのだ。それは、ちらりとディゴリー卿と貴婦人ポリーを見ると、いななく声で言った。

「なんと、いとこたちではないか！」

　ふたりは叫んだ。

「フレッジ！　なつかしいフレッジじゃないの！」

　ふたりは、駆けていって、キスをした。

けれども、このときには、ネズミはふたたび、みんなを招き入れた。そこで、みんなは黄金の門を通って、その庭から流れてくるおいしそうなにおいのなかへと歩んでいった。日だまりとすずしげな木かげがまざって、足もとのふかふかの芝生には、白い花がちらほら咲いていた。みんなが最初に気づいたのは、外から見たときより、なかはかなり広いということだ。でも、そんなことを考える間もなく、あちらこちらからひとびとが会いにやってきた。

（この国の物語を知っていれば）聞いたことのある生き物たちが、勢ぞろいしているようだった。フクロウのグリムフェザーもいれば、沼人の沼むっつりも、魔法を解かれたリリアン王も、その母も、星の娘も、その偉大な父も、カスピアンその人もいた。そして、そのすぐ近くには、ドリニアン卿と、バーン卿と、こびとのトランプキンとトリュフハンターと、よきアナグマと、ケンタウロスのグレンストームと、あの壮大なナルニア解放戦争の英雄たちが百あまりひかえていた。反対側からは、アーチェンランド国王コールが、その妻アラヴィス妃と、父ルーン王と、弟の勇敢な王子・鉄拳《てっけん》コリンが、馬のブリーとフインといっしょにやってきた。それから――ティリアンにとって、なによりも信じがたく思われたのは――さらに過去から、善良なビーバー夫婦とフォーンのタムナスさんがやってきたことだった。挨拶があり、キスがあり、握手があり、むかしの冗談がよみがえった。（五、六百年ぶりに言う、古い冗談がどんなによいものか、おわかりにならないだろう。）それから、全員が、果樹園のまんなかへ進んだ。ある一本の木には、不死鳥が止まっていて、みんなを見おろしており、木の根もとにふたつの玉座があり、そのふたつの玉座にはあまりにも偉大で美しい王と王妃がすわっていたため、一同はその前でおじぎをした。そうしてよかったのだ。というのも、ふたりは、古代のナルニアとアーチェンランドの王族の先祖であるフランク王とヘレン王妃だったからだ。ティリアンは、かがやかしいアダムとイブの前へ連れ出された気分だった。

三十分ほどして——あるいは五十年後かもしれない。そこの時間はこちらの時間とは違うのだから——ルーシーは、なつかしいナルニアのお友だちのフォーンのタムナスさんとならんで立って、その庭の壁越しに、ナルニア全土が下にひろがっているのを見ていた。けれど、見おろしてみてわかったのは、この丘が思ったよりずっと高いところにあるということだった。ナルニアは、何千メートルも下のほうに、かがやける崖《がけ》にかこまれてあった。そんな下のほうだと、緑色の塩粒ぐらいの大きさに見えてしまう。それから、ルーシーは、なかをふり返って、壁を背にして、庭を見た。しばらく考えこんでいたルーシーは、ついに口を開いた。

「なるほど、わかったわ。この庭は、あの馬小屋みたいなんだわ。外から見たときより、なかはずっと広いんだわ。」

「もちろんさ、イブの娘さん」と、タムナスさんが言った。「もっと上へ、ずっと奥へ行けば行くほど、なにもかも大きくなるんだよ。奥は、外より大きいんだ。」

ルーシーは、庭をじっと見つめて、それは実は庭などではなくて、全世界なのだとわかった。川があり、森があり、海があり、山がある。でも、不思議な感じはしない。

ルーシーは、どこもかしこも知っていた。

「ほら」と、ルーシー。「ここは、まだナルニアだわ。下にあるナルニアよりも、ずっと本当で、ずっと美しいわ。ちょうど、馬小屋の戸の外のナルニアより、なかのほうがずっと本当で、ずっと美しかったように！　わかったわ……世界のなかに世界があるんだわ。ナルニアのなかのナルニア……」

「そうです」と、タムナスさん。「玉ねぎみたいにね。ただ、なかへ入れば入るほど、世界は大きくなるんです。」

そこでルーシーは、あちらこちらを見て、新しい美しいことが自分に起こっていることに気づいた。なにを見ようと、それがどんなに遠くにあろうと、それをじっと見つめれば、まるで望遠鏡でのぞいているかのように、はっきり近くに見えるのだ。南の砂漠全体が見え、そのむこうの、タシュバーンの大都市も見えた。東のほうでは、海のはしにあるケア・パラベルが見え、かつて自分の部屋だった部屋の窓さえはっきり見えた。そして、はるか海の彼方には島々があり、世界の果てまでつづいている。

そのむこうには、アスランの国と呼んでいた巨大な山がある。けれども、今となっては、その山は全世界をとりかこんでいる大きな山の輪の一部なのだとわかった。前方にあるアスランの山は、かなり近くに見えるように感じられる。それから、左のほう、山々のはざまに、明るい色をしてたなびく大きな雲と思われるものが見えた。けれど、よくよく目をこらして見ると、それは雲などではなく、本当の国だとわかった。そのある一点をじっと見ていたルーシーは、たちまち声をあげた。

「ピーター！　エドマンド！　見に来て！　すぐ来て！」

ふたりはやってきて、ルーシーと同じように見えるようになっていたので、見てみた。

「うわあ！」と、ピーターが叫んだ。「イングランドだ。あれは、あの家じゃないか。カーク教授のいなかのお屋敷だ。ぼくらの冒険がはじまったところだ！」

「あのお屋敷、とりこわされたんだと思ってた」と、エドマンド。

「そうです」と、タムナスさん。「でも、ごらんになっているのは、イングランドのなかのイングランドですよ。ちょうどここが本当のナルニアであるように、本当のイングランドをごらんになっているのです。そして、あの内なるイングランドでは、よきものは、なにひとつこわれないのです。」

急に、みんなは、目を別なところへむけた。すると、ピーターとエドマンドとルーシーは、おどろいて息を呑み、大声を出して手をふりはじめた。自分たちのお父さんとお母さんが、大きな深い谷のむこうから、こちらにむかって手をふっているのが見えたのだ。まるで、大きな船の甲板から手をふってくれる人を見て、波止場で出迎えて手をふるような感じだ。

「どうやったら、あそこへ行けるかしら？」と、ルーシー。

「かんたんですよ」と、タムナスさん。「あの国とこの国は――あらゆる本当の国は――アスランの壮大なる山々からつき出している尾根のようなものなのです。もっと上へ、ずっと奥へと尾根伝いに歩いていけば、いずれつながります。そら、聞いてください。あれは、フランク王の角笛です。行きましょう。」

やがて、みんなはいっしょに歩いていって――すばらしい大行進となっていた――この世界では見えないほど高い山々へむかって、のぼっていった。でも、山には雪はない。森や、緑の斜面や、すてきなくだものの木々や、きらめく滝などが、どこまでもどこまでもずっと上のほうまでつづいていた。そして、みんなが歩いていく道はどんどんせまくなっていき、両側には深い谷があった。その谷のむこうにある、本当のイングランドである国がどんどん近づいてくる。

前方にある光がどんどんまぶしくなってくる。ルーシーには、いろいろな色をした崖が、巨人の階段のように、前方にたくさんつらなっているのが見えた。それから、アスランそのひとがやってきたので、ほかのことはなにもかも忘れてしまった。アスランは、崖から崖へと飛びおりながらやってくる。まるで力強い美しさが滝となって流れ落ちてくるようだった。

　アスランが呼びつけた最初のひとは、ロバのパズルだった。アスランのところへ歩いていくパズルほど、よろよろして、おろかに見えるロバはいなかっただろう。そして、アスランのとなりに立つと、パズルは、セント・バーナード犬とならんだ子犬のように小さく見えた。ライオンは、その頭をさげて、パズルの耳になにかささやくと、パズルの長い耳はぺたんとたれてしまった。けれども、またなにかささやくと、耳はまたぴんと元気に立った。人間たちには、アスランが言ったことは、どちらも聞きとれなかった。それから、アスランは、人間たちのほうをむいて言った。

「きみたちは、もっとしあわせそうにしてくれると思ったが、そうではないのだな。」

　ルーシーは言った。

「どこかへ送られるのが、こわいんです、アスラン。私たちの世界へ何度も送り返したでしょう？」

「それを恐れることはない」と、アスラン。「わからないのかね？」

　みんなの心臓がビクンとして、大きな希望がめばえた。

「本当の鉄道事故があったのだ」と、アスランはゆっくりと言った。「きみたちのお父さんとお母さんと、きみたち全員が――影の国での言いかたをすれば――死んだ。学校は終わりだ。お休みがはじまった。夢は終わった。朝になったのだ。」

　そう話しているうちに、そのひとは、ライオンのようには見えなくなった。でも、そのあとに起こったことは、あまりにもすばらしくて美しいことだったので、私には書くことができない。こうして、私たちにとっての、お話のすべては、終わりとなる。そして、みんなは、ずっとしあわせに暮らしたとさ、と、本当の意味で言うことができる。でも、みんなにとって、それは本当の物語のはじまりでしかなかった。この世界での人生も、ナルニアでの冒険も、その本の表紙であり、扉でしかない。ついに、いよいよ偉大なる物語の第一章がはじまるのだ。それは、地上のだれひとりとして読んだことのない物語である。永遠につづく物語だ。どの章も、前の章よりすばらしい物語なのである。

訳者あとがき

本書は、ナルニア国物語の最終巻（原題は *The Last Battle*）である。訳稿は、角川つばさ文庫より『新訳　ナルニア国物語（7）最後の戦い』として刊行したものに大幅な改訂を施して作成した。

この巻でナルニアの滅亡が描かれることに衝撃を受けてきたナルニア・ファンは多い。なぜ、私たちの愛するナルニアの世界を、作者C・S・ルイスは壊してしまわなければならなかったのか。その意図を理解するためには、彼のキリスト教哲学を知る必要がある。まず、人の世界は滅びるが、神の国（アスランの国）は滅びないということ、そして神の国、つまり天国では、永遠の至福があるとされる意味をしっかり考えなければならない。その意味が正しく理解できれば、私たちの愛《いと》しいナルニアは神の国において不滅なのだとわかるだろう。

ルイスは、一九六〇年六月八日付の少女パトリシア・メアリ・マッケイ宛ての手紙に「もちろん、（『最後の戦い』の）最後の審判の直前のサルとパズルは、世界の終わりの反《アンチ》キリストの出現のようなものです」と記している。

「反キリスト」（「偽キリスト」と訳されることもある）については、『新約聖書』「マタイ伝福音書」第二十四章第四～十四節に次のような言及がある（日本聖書協会の文語訳より引用する）。「イエス答へて言ひ給《たま》ふ『なんぢら人に惑《まどは》されぬやうに心せよ。多くの者わが名を冒《おか》し來《きた》り「我はキリストなり」と言ひて多くの人を惑さん。又なんぢら戰爭《いくさ》と戰爭の噂とを聞かん、愼《つつし》みて懼《おそ》るな。かかる事はあるべきなり。〔中略〕されど終《をはり》まで耐へしのぶ者は救はるべし。御國《みくに》のこの福音は、もろもろの國人に證《あかし》をなさんため全世界に宣傳《のべつた》へられん、而《しか》してのち終《をはり》は至るべし』」

パウロもまた、キリスト再臨の前に「不法の人すなはち滅亡《ほろび》の子」が現れて、「すべて神と稱《とな》ふる者および人の拜《をが》む者」に反抗して傲慢《ごうまん》にふるまい、ついには「聖所に坐《ざ》し己を神として見する者なり」と告げる（「テサロニケ人への後の書」第二章第三～四節。「ヨハネの第一の書」第二章第十八節、「ヨハネの第二の書」第七節にも言及あり）。

最後の審判については、「ヨハネの黙示録」第二十二章第十四～五節に、心の清い者は「門を通りて都に入ることを得る」が、そうでない者は「外にあり」とあるのを踏まえ、本書ではアスランの右側を通って門から入る者たちが「もっと上へ、ずっと奥へ」のぼって天国へ至るが、そうでない者たちが暗闇に消えていく様子が描かれる。

最後の戦争（最終戦争）については、ヘブライ語で「ハルマゲドン」と呼ばれる場所で繰り広げられた善と悪の戦について「ヨハネの黙示録」第十九章第二十節に次の記述がある――「かくて獣《けもの》は捕へられ、又その前に不思議を行ひて獣の徽章《しるし》を受けたる者と、その像を拝する者とを惑《まどは》したる偽《にせ》預言者も、之《これ》とともに捕へられ、二つながら生きたるまま硫黄の燃ゆる火の池に投げ入れられたり。」

本書では、偽預言者役を演じさせられたパズルに罪はなかったとして救われるが、「獣」ことシフトがたどった運命は、聖書に記されたものに近いと言えるだろう。

こうして最終戦争が終わると、「新しき天と新しき地とを見たり。これ前《さき》の天と前の地とは過ぎ去り、海も亦《また》なきなり」（「ヨハネの黙示録」第二十一章第一節）となるが、これは新しいナルニア、すなわち本物のナルニアが、アスランの国に見出《みいだ》されることにつながる。

もちろんナルニア国物語は聖書とは別個の物語であり、聖書と重ねて読むべきでない側面もあるものの、いくつかのイメージの呼応があることは否めない。たとえば「マタイ伝福音書」第二十四章第二十三～六節の記述――『視《み》よ、キリスト此処《ここ》にあり』或《あるひ》は『此処《ここ》にあり』と言ふ者ありとも信ずな。偽《にせ》キリスト・偽預言者おこりて、大《おほい》なる徴《しるし》と不思議とを現《あらは》し、為《な》し得《う》べくば選民をも惑《まどは》さんとするなり。『視《み》よ、彼は荒野《あらの》にあり』といふとも出《い》で往《ゆ》くな『視《み》よ、彼は部屋にあり』と言ふとも信ずな」――の最後にある、「偽キリスト」が内なる「部屋にあり」と言われても信じるなという表現は、馬小屋のなかに偽アスランを隠しておいたシフトのやり方を想起させる。

そして、終末の日に太陽は暗くなり「月は光を發《はな》たず、星は空より隕《お》ち」、天に大きなラッパの音が響きわたるという描写（マタイ24：29〜31、マルコ13：24〜27、ルカ21：25〜28）も本書の描写と呼応する。また、タシュ神に仕えていたエメスがアスランによって「なんじがタシュにささげたことは、私へのささげものと考えよう」と受け容《い》れられるくだり（200ページ）は、「コリント人への前の書」の「賜物《たまもの》は殊《こと》なれども、御靈《みたま》は同じ。務《つとめ》は殊《こと》なれども、主《しゅ》は同じ」（12：4〜5、「使徒行伝」17：23参照）に基づくと言えるだろう。ちなみに、『旧約聖書』「詩篇」第百四十五篇第十八節にある「すべてエホバをよぶもの　誠《まこと》をもて之《これ》をよぶものに　エホバは近くましますなり」における「誠」は原語のヘブライ語で「エメス」なのだと言う。

このようにして考えていくと、ルイスは、ナルニアの終末を描くことによって、「現世は仮の世に過ぎず、本当の至福は神の国にある」ということを子どもたちに伝えようとしたのではないかと推察できる。子どもにとって死は受け容れがたいものであるが、人生には必ず終わりが来ることを認識し、自らの死を恐れることなく、神の赦《ゆる》しと愛とを感じて生きられるようになって初めて十全たる人生が送れるのだとするならば、いずれは神の国へ行くことの意味を知っておく必要がある。ルイスは、そのためにすでに第四巻『銀の椅子』の最後で伏線を敷いている。ユースタス・スクラブとジル・ポウルを一時的にアスランの国へ入れ、死んだはずのカスピアンに会わせたのである。カスピアンは言う――「今ぼくがナルニアに姿を現したら、幽霊ということになるだろう。ぼくはもうナルニアの人間じゃないからね。でも、自分の国〔天国〕にいるんだから、幽霊ということにはならない」（262ページ）。そして、アスランはユースタスらに言う――「きみたちが私にここ〔天国〕でふたたび会うとき、それはここに永遠にとどまるときだ。しかし、それは今ではない。しばらくのあいだは、自分の世界にもどらなければならない」（263ページ）。そして、本書において「永遠にとどまるとき」がやってくるのである。

時の流れについて、ルイスは「時を超えた時」という文（*Mere Christianity*, 1952所収、邦訳『キリスト教の精髄』柳生直行訳、新教出版社、一九七七）において、神は、人が経験する「時」とは別の次元にいると語る。永遠である神は人が考える時間軸を超越して存在するのであり、キリスト教では、神の国（天国）において神とともにあれば永遠の至福を享受できるとされる。だからこそルーシーは、自分がその至福を得たのだと感じ取って「あまりにもしあわせすぎて、口もきけないくらい」になる（174ページ）。

しかし、ルイスは神学者である前に文学者である。私たちは説教を聴いているのではなく、ルイスが築いた文学世界を享受しているのであって、そこにはキリスト教世界からの逸脱がある。たとえば、ナルニアは滅亡してしまうかもしれないが「もっと本物に見える」ナルニアが私たちの心のなかに存在しており、それこそが重要なのだと言う（２０６ページ）とき、ルイスはプラトン哲学のイデアを用いている（「すべて、プラトンにある」２０７ページ）。プラトン哲学はキリスト教以前の考えである以上、ここにある種のレトリックが働いていることは否めない。さらに言えば、ウエスタン・ミシガン大学教授グレイス・ティファニー（Grace Tiffany, “The Anti-Platonist,” *Christianity and Literature*, Vol. 63, No. 3 (Spring 2014), pp. 357-37）が指摘するとおり、プラトンに依拠するように見えて、ルイスは実はサー・フィリップ・シドニーの言う「文学的な想像力にこそ真実がある」という発想に依拠していると考えるべきであろう。それが最も端的に現れるのは、『銀の椅子』で、沼むっつりがこう言うときだ――「そうした心のなかで想像した物事のほうが本物よりもずっとずっと大切なのだ」（２０１ページ）。この発想は実はキリスト教を超越して、シェイクスピアをも巻きこむ想像力の問題へと発展することになる。『夏の夜の夢』第五幕第一場で恋人たちが経験した「夢」のような体験は実は「夢」ではなく、「単なる夢幻とは思われず、しっかり筋の通った現実である」と言われるように、心のなかで経験したことは、それが夢であろうが小説であろうが、実際に経験した現実となるからだ。読者が経験したナルニアは読者の心に生きているのであって、それは時間を超越して存在するのである。ナルニアは永遠に生き続け、読者は何度でも「ナルニア国物語」を読み返し、ルーシーが洋服だんすを通りぬけて白い雪が舞い散る森に街灯がともっているのを見つけて驚く衝撃をふたたび味わい、タムナスさんが初めてルーシーと出会ってびっくりして荷物を取り落とす滑稽《こっけい》を感じることができる。サンタクロースはいつの時代でも、子供たちにプレゼントを渡すおじいさんであって、決して死んだりはしないように、神話や物語の時間は常に永遠なのである。

私たちは「ナルニア国物語」を読み、そして読み返すことで、物語世界をいつまでも楽しめるし、将来の子供たちもこの物語を楽しむことで、この物語の永遠性は保証される。しかし、物語第一巻では九歳だったルーシーも本書では十七歳となり、『魔術師のおい』で十一歳の少女として登場したポリーは本書では六十歳となって登場しており、物語内の時間は経過する。私たちの人生でもそのように時間は経過しているが、実際に重要なのは、そうした物理的な時間経過そのものよりも、ある瞬間にどう生きたかということなのだと作者ルイスは言っているように思われる。

「生きとし生けるものは、必ず死ぬ」（『ハムレット』第一幕第二場）ということを考えたとき、大切なのは、その儚《はかな》い人生をどう生きたかということなのであり、限りある私たちにとっての永遠とは、私たちの心のなかに生きつづけるものでしかない。

人は、肉体を超越して精神的に満たされた生き方ができたときに、最も至福を味わうことができる。ルイスは、その最高の至福は神とともにあると信じる信仰によってもたらされると考えた。本書の最後でアスランの姿が「ライオンのようには見えなくな」ることが語られているが、そのことは第三巻『夜明けのむこう号の航海』の最終章においてすでに示唆されていた。「あなたは、ぼくたちの世界にもいるのですか」というエドマンドの問いに、アスランは「私は、いる」と答えて「しかし、そこでは、私は別の名で呼ばれている」と言う。第三巻の「訳者あとがき」でも触れたが、この「私は、いる」（I am）は、「ヨハネによる福音書」第八章第五十八節で語られるように、イエス・キリストの言葉そのものなのだ。そして、アスランの言う「そこ」とは現世を指す。神の国は現世に生きる私たちの心のなかにあるという言い方もできるだろう。

＊

角川つばさ文庫の第七巻の「訳者あとがき」で簡単に触れたことでもあるが、エドマンドがティリアン王に、「十二人ほどのこびとがやってきた。それから、ジルとユースタス。そして、最後に、あなた自身が来たというわけです」（177ページ）と語っている順序の矛盾について、ここでもう少し詳細に語っておくことにしよう。

馬小屋の戸口のなかへ入っていった順序を追うなら、まずエメスが自ら志願して、馬小屋へ入り、なかで刀をかまえていたカロールメン人を戸口の外へ放り出した（1

３９ページ、１７６ページ）。つぎに、ティリアンがシフトを馬小屋に放りこむと、まぶしい緑っぽい青い光が炸裂《さくれつ》して大地が揺れた（１４３ページ）。そのあと、足をばたつかせて抵抗するユースタスが放りこまれた（１５５ページ）。それを見て涙を流したジルは、それでも弓はぬらすまいと気をつけて射つづけた（１５６ページ）。やがてナルニアの馬たちを矢で射殺したこびとたちが、タルカーンに捕まって馬小屋に放りこまれた（１５７ページ）。ティリアンは必死に戦ううちに、ジルが髪の毛をつかまれて連れていかれるのを見る（１６０ページ）が助けられず、やがてティリアン自身がタルカーンもろとも馬小屋のなかへ飛びこんでいった（１６１ページ）。こうしてみると、物語で語られている順番と、エドマンドの記述における順番は明らかに矛盾している。これは一体どういうことなのか。

　まず、アスランの国で流れる時間と、人間の世界で流れる時間はまったく異なっていることを再度認識しておく必要があるだろう。これは、ナルニアの時間とイギリスの時間の流れ方がちがうという『ライオンと魔女と洋服だんす』からずっと描かれてきた時間差以上の意味がある。というのも、アスランの国では、「あらゆる時は、すぐだ」（『夜明けのむこう号の航海』１７５ページ）と言えるからであり、ルイスが前述の「時を超えた時」において、神の国では一九二〇年であると同時に一九六〇年であることも可能であると論じていることと重なる（「アスランの国では年齢がなくなる」

『銀の椅子』261ページ参照)。

さらに重要な点は、馬小屋の戸口からなかへ入れば、そのままアスランの国へ入れるとは限らないことだ。第一巻において、洋服だんすの戸をあけてなかへ入ってもナルニアへ行けないときがあったのと同じである。カロールメン人が戸口の内側に立って刀をかまえていたとき、そこは馬小屋の戸の内側でしかなかった。男は馬小屋のなかに足を踏み入れても死ぬことなく、馬小屋のなかへ入ってきたエメスと戦ったすえ、負けて倒され、馬小屋の外へ放り出されたのだった。ルーシーたちはこの男に話しかけているが、男にはルーシーの声が聞こえず、姿も見えず、あたりが陽光に満ちていることにも気づかぬ様子だった(174ページ)。一方、エメスは「戸口をぐるや、強烈な陽光にまずおどろきました」と言っているから、直ちにアスランの国に来たことがわかる(199ページ)。そして、アスランの国の陽光に包まれたエメスは、馬小屋の暗闇にいるカロールメン人と戦い、これを倒したのだ。ちがう空間にいながら同じところにいるかのように戦った不思議は、戸口の板のすきまからのぞくと異空間が見える(173ページ)不思議と同じである。

もちろん、のちに馬小屋に放りこまれたこびとたちが、アスランの国にいるにもかかわらず、馬小屋の暗闇のなかにいると思いこむ様子が描かれるため、同様にして、戸口の内側で刀をかまえたカロールメン人も(本人の気づかぬうちに)実はアスランの国にいたと考えることもできそうだ。しかし、結論から言えば、その場所はアスランの国へつながってはいるものの、同時に暗い馬小屋のなかであると考えるべきだろう。そうでないと、馬小屋のなかに出現したタシュ神はアスランの国にいたことになってしまうが、タシュが悪魔の権化であるなら、神の国に入れるわけはない。

つまり、馬小屋へ放りこまれて戸口を閉められたからと言って、その瞬間にアスランの国へワープするわけではなく、そのまま馬小屋の空間内に留《とど》まることが可能ということになる。「星っていうのは、燃えるガスでできた巨大な球体なんだけど」(『夜明けのむこう号の航海』２２４ページ)などと言ってしまう現実主義のユースタスには、馬小屋の戸をくぐっただけでアスランの国へ行く想像力が欠けていたのかもしれない。しばらく馬小屋のなかにいて、ジルがやってきたときに一緒にアスランの国へ入ったのだろう。いずれにせよ、現実世界では一九四九年の英国鉄道での大事故によって、汽車に乗っていたユースタスとジルは同時に亡くなったという設定になっているのだから、アスランの国(天国)へもジルと一緒に入ったはずなのだ。

最後に、本書を児童文学の最高峰と絶賛した作家でもあり、ルイスの旧友でもあり、牧師でもあったウォルター・フーパー(二〇二〇年十二月七日コロナ禍の影響を受けて八十九歳で没す。合掌)がその著書(*Past Watchful Dragons: The Narnian Chronicles of C.*

S. Lewis, 1971)の巻尾に記した逸話をここに紹介して全巻の締めくくりとしたい。ルイスは長年の闘病の末、一九六三年七月十五日にオックスフォードの病院に運ばれ、昏睡《こんすい》に落ち、危篤状態となった。神父が終油の秘蹟《ひせき》を行い、フーパーをはじめとする友人たちが心配するなか、ルイスはふと目覚めると、自分が危険な状態にあったことを知らずにお茶を求めた。フーパーはそれから数週間、ルイスの枕もとにすわって、いろいろな話をした。フーパーは話すべきかどうか悩んだ末、彼が危篤状態にあったことを告げた。すると、ルイスは「ウォルター君、私に深く関わることを教えてくれてありがたく思うよ」と言った。そして、現世に思い残すことはなく、向こう側にある永遠の善きものに憧《あこが》れると話すのを聞いたフーパーが「君は自分で書いたことを本当に信じているんだね」と言うと、ルイスは驚いて目を瞠《みは》って「もちろんだよ！　だから書いたんだ」と答えた。その後退院してから、ルイスの手紙の口述筆記をしてあげていたときのことを、フーパーはこう記している。

「一つの手紙を彼はこう始めた。『ドアは開かれましたが、私がそれを通ろうとしたとき、目の前で閉じられてしまったのです。』それから僕の方を向いて、彼は付け加えた。『死んでしまってもよかったのだが、どうも生きるのが私の義務らしいね。どちらでもかまわなかったんだ。だが――ああ、あのドアを通ってみたかったな。』それから数か月後――ダラスでジョン・F・ケネディが殺された日、そして思うに同じ時刻に――ドアはふたたび開いた。今度は、ルイスは通っていったのである。」

二〇二二年十一月二十二日（ルイスとケネディの命日に）草稿執筆
二〇二三年四月、改訂後入稿

河合祥一郎

本書は二〇二一年十月に小社より刊行された角川つばさ文庫（児童向け）を一般向けに加筆修正したうえ、新たに文庫化したものです。
本書には、一部差別的ともとれる表現がふくまれていますが、作者が故人であること、作品が発表された当時の時代背景、文学性や芸術性などを考慮し、原文をそのまま訳して掲載しています。

（編集部）

本文デザイン／大原由衣

新訳《しんやく》

ナルニア国《こく》物《もの》語《がたり》7

最後《さいご》の戦《たたか》い

C・S・ルイス　河《かわ》合《い》祥《しょう》一《いち》郎《ろう》＝訳

令和５年７月25日　初版発行

発行者●山下直久

発行●株式会社KADOKAWA
〒102-8177　東京都千代田区富士見2-13-3
電話　0570-002-301（ナビダイヤル）

角川文庫 23744

印刷所●株式会社暁印刷
製本所●本間製本株式会社

表紙画●和田三造

ISBN 978-4-04-110859-8　C0197

角川文庫発刊に際して

角川源義

第二次世界大戦の敗北は、軍事力の敗北であった以上に、私たちの若い文化力の敗退であった。私たちの文化が戦争に対して如何に無力であり、単なるあだ花に過ぎなかったかを、私たちは身を以て体験し痛感した。西洋近代文化の摂取にとって、明治以後八十年の歳月は決して短かすぎたとは言えない。にもかかわらず、近代文化の伝統を確立し、自由な批判と柔軟な良識に富む文化層として自らを形成することに私たちは失敗して来た。そしてこれは、各層への文化の普及滲透を任務とする出版人の責任でもあった。

一九四五年以来、私たちは再び振出しに戻り、第一歩から踏み出すことを余儀なくされた。これは大きな不幸ではあるが、反面、これまでの混沌・未熟・歪曲の中にあった我が国の文化に秩序と確たる基礎を齎らすためには絶好の機会でもある。角川書店は、このような祖国の文化的危機にあたり、微力をも顧みず再建の礎石たるべき抱負と決意とをもって出発したが、ここに創立以来の念願を果すべく角川文庫を発刊する。これまで刊行されたあらゆる全集叢書文庫類の長所と短所とを検討し、古今東西の不朽の典籍を、良心的編集のもとに、廉価に、そして書架にふさわしい美本として、多くのひとびとに提供しようとする。しかし私たちは徒らに百科全書的な知識のジレッタントを作ることを目的とせず、あくまで祖国の文化に秩序と再建への道を示し、この文庫を角川書店の栄ある事業として、今後永久に継続発展せしめ、学芸と教養との殿堂として大成せんことを期したい。多くの読書子の愛情ある忠言と支持とによって、この希望と抱負とを完遂せしめられんことを願う。

一九四九年五月三日